Die an drei Flüssen gelegene Stadt Passau ist nicht nur der Schauplatz, sondern die eigentliche Protagonistin dieser Erzählung. Dem Leser öffnet sich die Stadt als ein Raum, der erfüllt ist von den Stimmen und Bildern der verschiedensten Jahrhunderte, inmitten derer der Held dieses Buches die Anfänge seiner eigenen Geschichte zu ergründen versucht. Getragen von der Vorstellung, dass selbst die Taten eines frühmittelalterlichen Missionars oder der Faltenwurf einer hölzernen Marienfigur mit seinem eigenen Leben in Zusammenhang stehen könnten, verknüpft der Erzähler im Durchwandern der Stadt Beobachtungen, Erinnerungen und geschichtliches Wissen zu einer komponierten, traumwandlerisch schönen Erzählung.

Klaus Böldl, 1964 in Passau geboren, debütierte 1997 mit dem Roman »Studie in Kristallbildung«, für den er im selben Jahr den Tukan-Preis der Stadt München erhielt. 2000 erschien die nach Lappland führende Erzählung »Südlich von Abisko«, 2003 »Die fernen Inseln«, für die er im gleichen Jahr mit dem Brüder-Grimm-Preis und dem Hermann-Hesse-Literaturpreis ausgezeichnet wurde. Er lehrt mittelalterliche Literatur an der Universität Kiel.

Unsere Adresse im Internet: www.fischerverlage.de

KLAUS BÖLDL DREI FLÜSSE

Fischer
Taschenbuch
Verlag

Veröffentlicht im Fischer Taschenbuch Verlag,
einem Unternehmen der S. Fischer Verlag GmbH,
Frankfurt am Main, August 2008

Satz: ottomedien, Darmstadt
Druck und Bindung: C.H. Beck, Nördlingen
Printed in Germany
ISBN 978-3-596-17173-6

An einem geräumigen und milden Vorfrühlingstag flatterte der erste Kohlweißling über die steinerne Kante der Passauer Innpromenade hinweg, wagte sich ein Stück in den sonnigen durchsichtigen Luftraum über dem Wasser und war im nächsten Augenblick schon wieder außer Sichtweite. Ich schaute über den breiten, zügig dahinfließenden Strom, und die Hügelkette dort drüben, über den wetterfleckigen Ziegeldächern der Innstadt, sendete das fahle Grün einer vergilbten Landschaftsphotographie herüber. Nur an manchen Stellen wurden die Wiesenflächen, seltsam entstofflicht und wie im Weltraum verloren, unterbrochen von feuchten anthrazitfarbenen Waldflecken, in deren Innerem ich mir Dunkelheit und Stille dachte; hier und da nur würde vielleicht ein Sonnenstrahl bis auf den mit braunen Nadeln und verdorrten Zweigen bedeckten Boden herab dringen.

Geht man dort oben auf den meist menschenleeren Wiesen des gegen Südosten gelegenen Hammerbergs herum, wie ich es in den vergangenen Monaten öfter getan hatte, gelangt man am Kamm dieses Hügels schließlich zu einer Koppel mit ein paar glänzenden großen Pferden, die von schwerfälliger Neugier in Bewegung gesetzt gleich jedem Spaziergänger entgegentraben, wobei sie sich langsam abzulösen scheinen von einem beinahe ebenen Hintergrund mit Wiesen, braungrauen Ackerstreifen und verstreuten Baumgruppen. Begrenzt wird der Blick über diese Weidelandschaft durch einen fernblauen Waldhorizont.

Wendet man sich zur anderen Seite, nach Norden, zeichnet sich weit unten noch ein blauer Streifen, die Donau, nebelhaft ab, über der sich dann stufenweise die Anhöhen des Bayerischen Waldes aufbauen, zunächst das Steilufer des Stroms, teils dicht bewachsen mit Büschen und Bäumen, teils den nackten fast senkrechten Fels vorzeigend, dahinter dann die lang gestreckten Hügel, auf denen sich zwischen Feldern, Weiden und kleineren Waldflecken auch öfter im Sonnendunst weißlich flimmernde Häusergruppen zeigen, und schließlich, den weiten Prospekt abschließend, die wie in einem blaugrauen Rauch liegenden bewaldeten Höhenzüge, von denen die fernsten schon zu Böhmen gehören werden.

Auf dem unterhalb der Pferdekoppel sich ausdehnenden Grasplatz, zwischen den in weiten Abständen stehenden alten Apfelbäumen – um die Stämme herum lagen noch die verschrumpelten und erfrorenen Früchte des Vorjahrs im leuchtenden Frühlingsgras – erreichte ich bei einem Spaziergang im letzten Jahr irgendwann einmal eine Stelle, von der aus ich, freilich nur einen unmessbaren Moment lang, das Gefühl hatte, die Stadt versinke gerade lautlos in einen still besonnten Abgrund, einer Kluft in der Landschaft, die sich gleich danach wie der Zugang zur Höhle im Märchen von Aladin und der Wunderlampe für immer schließen würde.

Es war erst gegen Mittag, als ich mich auf der letzten freien Bank am Innkai niederließ. Den überflüssig gewordenen Tulpenstrauß, der in helles Seidenpapier eingewickelt war, legte ich neben mich. Hier zu sitzen und über die Stadt nachzudenken, wenn auch oft nur für eine Viertelstunde, war mir im vergangenen Jahr schon zu einem Ritual geworden. Manchmal schaute ich mir auch nur eine Zeit lang an, was die Leute für Sachen anhatten, ob sie allein waren oder zu zweit, lebhaft oder still – oft sind sie eher still in dieser Gegend –, ohne Schlüsse daraus zu ziehen oder überhaupt irgendetwas zu denken.

Viele Menschen mit bleichen Händen und Gesichtern, die vielleicht zum ersten Mal seit Monaten ihre Mittagspause wieder einmal im Freien verbrachten, liefen, oder vielmehr: wandelten an mir vorüber, manche so nahe, dass ich sie berühren oder mit einem ausgestreckten Bein hätte zu Fall bringen können. Zwei noch ganz junge Männer, beide in grauen Anzügen, Gel im Haar, Sonnenbrillen mit Spiegelgläsern und lustig gemusterten Krawatten trugen eine Brotzeit vor sich her, eingewickelt in Alufolie, die in der Sonne funkelte, sodass man hätte meinen können, es seien Monstranzen, die sie da mit sich führten. Zwei Enten watschelten hinter den Angestellten her, als wollten sie ihren geschäftigen Gang nachäffen, ließen sich dann im nächsten Moment ins Wasser gleiten, als hätten sie plötzlich die Lust an diesem Spiel verloren.

Die Sonne war noch sehr fern um diese Jahreszeit, nur ganz verhalten teilte sie sich der Oberfläche der Dinge auf der Erde mit und ließ sie weit voneinander entfernt erscheinen. Und doch wärmte sie jetzt in den Mittagsstunden schon ein wenig, die Oberschenkel, die Handrücken.

Auf der Zugfahrt hierher hatten überall noch perlgraue Schneereste an den nebligen Waldrändern geschimmert. Streifen von vergehendem porösem Schnee in der Sonne neben dem Gleis erinnerten an knisternden Badeschaum. Selbst die leeren Landstraßen, die sich durch die Felder wanden, wirkten in der frostigen Morgenluft schmaler. An einem Bahnhof stocherte eine alte Frau im Abfallbehälter herum, umtänzelt von einem grauen Pudel.

Hinter Moosburg lag mit einem Mal für ein paar Minuten dichter weißer Nebel auf den Feldern, in den sich die nackten Baumgezweige mit großer Akribie einzeichneten. Urzeithaft groß erscheinende Vögel mit unwirklich verlangsamten Flügelschlägen tauchten lautlos aus dem Nebel auf und verschwanden wieder darin.

Die riesige, an ihren Rändern gelb durchleuchtete Wasserdampfwolke über dem Kernkraftwerk bei Landshut, der Dunst auf den Äckern und Wiesen ringsum: Als sei die Katastrophe bereits in vollem Gange, war es mir durch den Kopf gegangen, doch hatte mich diese Vorstellung gar nicht geschreckt. Das Wasser in den Gräben und Teichen längs der

Bahnlinie war so zeitig am Morgen noch von einer Eishaut bedeckt, und auf den Ackerfurchen und Bahnwiesen lag Raureif. Aus dem unterschiedslosen Fahlbraun der von der schrägen Morgensonne angestrahlten Baumstämme hoben sich nur die samtigen weißen Birkenhäute ab. Hinter den kahlen, ebenso unwirklich ausgeleuchteten Büschen zeichnete sich beiläufig die blaugraue Bergkette des Bayerischen Waldes ab, den die Leute in der Gegend bloß den »Wald« nennen.

Hin und wieder schob sich eine düstere Fichtenwaldfinsternis bis dicht an den Zug heran. Ein Reh, aufgescheucht von dem Zuglärm, hüpfte mit einem Satz in das Unterholz, wo sich der hellbraune Leib in Augenblicksschnelle zwischen den fast gleichfarbigen Zweigen auflöste; nur den Spiegel des Tiers meinte ich im Zurückschauen noch zu unterscheiden.

Das schräge Sonnenlicht, das durch die vorüberwischenden Baumwipfel in den Wagen hereinfiel, legte einige Zeit lang ein flirrendes und zitterndes Gewebe über die Sitzpolster und den Fußboden des Wagens, so als führe der Zug auf dem Grund eines klaren bewegten Gewässers dahin. Ich glitt in einen Halbschlaf, in dem mir so war, als ob das Sonnengeflimmer um mich her in Wahrheit nichts anderes sei als der Wechsel von Tag und Nacht in ungeheurer Geschwindigkeit, und ich daher in irgendeinem unabsehbar fernen Zeitalter aufwachen würde. Als ich die Augen wieder öffnete, fuhr der Zug schon an der Donau entlang, an deren anderem Ufer ein Kirchturmdach wie ein Spiegel aufglänzte, bevor im nächsten Moment ein steinernes, einen Löwen vorstellendes Ufermonument am Rand der Bundesstraße an mir vorbei glitt.

Dann wurde der Gleiskörper allmählich breiter, an einem großen Parkplatz standen dicht an dicht lauter genau gleiche Omnibusse, und in der Ferne zeigte sich nach einer leichten Biegung des Gleises der Umriss der Domkirche am östlichen, in einem leuchtend gelben Dunst liegenden Himmel, gleich danach erschien dann auch die weichere Gestalt des Mariahilfklosters, freilich nur für einen Augenblick: Jetzt fiel der Blick auf die langen Fichtenstämme, mit denen die Güterwagen auf den Abstellgleisen beladen waren. Mitten im Berufsverkehr an einem Spätnachmittag im Sommer war einmal ein Lastwagen mit ebenso langen Baumstämmen durch die Bahnhofstraße gefahren und hatte für Sekunden einen kaum wahrnehmbaren und mich vielleicht gerade darum einen Augenblick lang irritierenden Harzduft hinterlassen.

Ein Mann im grauen Wintermantel, eine Pelzkappe mit waagrecht abstehenden Ohrenklappen auf dem Kopf und mit Fäustlingen, trottete steif neben einer jungen Frau her und murmelte schlecht gelaunt etwas in seinen Schal hinein. Die Frau trug ein elegantes, braun und orangefarben gestreiftes Frühlingskleid. Eine Strickjacke hatte sie sich um die Schultern gelegt, das dunkle Haar hoch gesteckt, sodass mein Blick auf die geschwungene Nackenlinie fiel, und auf den dort in der Sonne aufscheinenden Flaum. Sie blinzelte mit einem Ausdruck kindlicher Freude unentwegt in die Sonne und zeigte eine Reihe kleiner weißer Zähne dabei. Den winterlichen Mann neben sich mit seinem Gebrumme schien sie kaum wahrzunehmen. Es ging mir durch den Kopf, was ich auf der Zugfahrt in den 1796 veröffentlichten Passauer Briefen des alles und jeden durchschauenden Philosophieprofessors Johann Ernst Fabri über das Wesen der Passauer Bürgersfrauen gelesen hatte: »Guten, ächten feinen Weltton und das zum geselligen Leben so sehr erforderliche angenehme, gefällige und zuvorkommende Betragen vermisst man ziemlich oft.«

Die stromaufwärts in die Richtung der Universität und des Krankenhauses spazierenden Menschen hatten doch etwas Langsames, Beschwertes, Widerwilliges in ihrem Gang, als hätten sie eine Steigung zu bewältigen, oder stapften durch tiefen Schnee.

Diejenigen hingegen, die mit dem Fluss zur Ortsspitze unterwegs waren, wo Donau und Inn eins werden und ein weites Becken bilden, liefen ganz leicht, als hätten sie den Frühlingswind im Rücken. Sie gestikulierten mit weit ausladenden Armbewegungen und schauten keinmal zurück. So will man, dass sie sind, dass es ist, dachte ich auf meiner Bank und schlug die Beine übereinander. In einen Zusammenhang verwoben. In eine Geschichte hineingestellt, in der der Einzelne, wenn sie auch hundert Bände füllte, kaum mehr wäre als ein Halbsatz.

Die Menschen sollten, fand ich, auch nicht unberührt sein von den von weither, aus dem Engadin hervorkommenden und weite fruchtbare Landstriche zerteilenden Wassermassen, an deren Rand ihre Vorfahren diese Stadt gebaut hatten und an dem sie sich jetzt in kühner Gleichgültigkeit entlang bewegten, als wäre das nichts, zu Fuß, einige auf Fahrrädern, andere mit Hunden.

Die ganze Stadt wünschte ich mir jetzt von den drei Flüssen nicht nur gegliedert, wie man es auf den Stadtplänen sehen kann, sondern ich wollte sie von ihnen auch bestimmt und geleitet wissen, bis in ihr Innerstes hinein. Vielleicht lassen sich die Menschen, je nach dem Viertel, in dem sie wohnen oder aufgewachsen sind, einteilen in Ilz-, Inn- und Donaumenschen. In diesem Fall, dachte ich, müssten sich auch Vorstellungen eines Donaumenschen in mir finden, obwohl mir der Inn immer näher gewesen ist, die Ilz aber vielleicht am ähnlichsten.

Ob man wohl anders träumt, wenn man ganz nahe am Wasser wohnt? Und ob es da einen Unterschied macht, ob unter dem Fenster die beinah schwarze Ilz oder der gletschergrüne Inn vorbeifließt? Manchmal erheben sich die Flüsse aus ihren Betten und geistern in Schwaden durch die Stadt. Viele Wochen im Jahr bewegen sich die Menschen hier im dichten Flussnebel, einem weißgrauen Leuchten auf den Netzhäuten, das die Farben und Umrisse der Dinge sanft außer Kraft setzt. Das Grauweiß, das sich, wie mir vorkommt, zwischen den weit verstreuten Kindheitserinnerungsinseln in mir erstreckt, muss das des Nebels sein, der an den Herbstmorgen immer von der Donau heraufgekommen ist.

Im Frühjahr gieren die Flüsse über sich hinaus, sie werden breiter, legen weite lehmbraune Flächen an und steigen die Gassen hinauf und die Keller hinunter. Sie besuchen die Menschen in ihren Wohnungen und kommen in ihre Geschäfte. Innkai und Innpromenade sind dann auch immer eine Zeit lang aus dem Stadtbild ausradiert, manche Quergassen führen direkt ins Wasser hinein, die Bäume an der Ortsspitze stehen in der trüben Brühe, und die Grenzen zwischen Stadt, Land und Fluss sind an vielen Stellen verwischt oder anders gezogen, eine Zeit lang. Es ist auch schon vorgekommen, dass die Wasser von Inn und Donau sich irgendwo in den Gassen der Altstadt begegneten.

An mehreren Hausmauern der Altstadt sind die Höchststände der Flüsse eingezeichnet, zum Beispiel ganz hoch oben an der nordwestlichen Ecke des Lukas Kernschen Waisenhauses, wo das Hochwasser von 1954 mit einem Bild des heiligen Christophorus, der das Jesuskind auf seinen Schultern durchs Wasser trägt, angegeben ist; etwas darunter eine Linie und eine Inschrift »Vom 26. Brachmonde im 1786. Jahre des Innstromes Wassergusshöhe«.

Die Stadt hat vielleicht mehr als jede andere in diesem Teil des Landes eine überall in den Gassenschatten, auf den Anhöhen, unter den bröckelnden Torbögen, in den kalten Kirchenräumen und voll gestellten Antiquitätengeschäften noch aufgestaute Vergangenheit. Es ist mir auf meinen Spaziergängen von der Mitte der Stadt an ihre Ränder immer so vorgekommen, als ob die Vergangenheit hier, in diesem tief in die Landschaft eingegrabenen Flusstal, nicht recht abziehen könnte. Als ob an manchen Plätzen die Augenblicke wie in einer Endlosschleife immer wiederkehrten, zu einer bestimmten Zeit des Tages, wenn die Sonne am Morgen die letzten Nebelreste an den Wiesenhängen zersetzt hat, oder am Nachmittag, wenn die Kinder mit ihren Hausaufgaben fertig sind und auf die Straße hinausgelassen werden.

Manchmal weht die Vergangenheit einen als Moderduft an, manchmal auch als Kindergeschrei; manchmal ist sie nur ein kälterer Luftzug aus einem steinernen Treppenhaus, eine verwitterte Greisin mit schlotternden Strümpfen oder eine seltsam verformte Hausmauer in der Abendsonne, ein mit steinernem Rankenwerk verzierter Türsturz oder ein Blick in ein staubiges Schaufenster voller Heiligenfiguren, oder sie hat sich abgelagert in altertümlichen Namen wie »Beiderwies« für eine Siedlung oberhalb des viele Jahrhunderte verschwundenen Römerkastells Boiodurum oder *Ort* für das Ende der Altstadthalbinsel, dem althochdeutschen Namen für »Landspitze«.

Gelassen behauptet die Vergangenheit sich gegen den gerade stattfindenden Augenblick, gegen den Verkehrslärm, gegen die Lockschilder der Restaurants, gegen das Geschau der Urlaubsmenschen, die sich wie auf Schienen in immer denselben Gassen und Straßen auf und ab bewegen. Die Vergangenheit zeigt sich in der gelblichen, an einen Nikotinfleck erinnernden Verfärbung der Turmuhr von St. Paul. Sie kommt zum Vorschein in Gestalt einer Klosterschwester, die, auf den ersten Blick nur ein unbestimmter schwarzer Fleck in den Bankreihen, in der Heiliggeistkapelle in ihr Gebet versunken ist. In den von der Sonne ausgebleichten und wellig gewordenen Asterix-Heften, die im Schaufenster eines Zeitschriftenladens in der Schmiedgasse ausliegen, oder in dem Kreuz auf der Wiese am Waldrand oben auf dem Hammerberg, das einmal für zwölf Jahre Schlageterkreuz hieß. In den Fenstern über dem Schuhgeschäft am Rindermarkt, die tief eingelassen sind wie Schießscharten in einem Burggemäuer, und an denen man jede der sechs Scheiben für sich öffnen kann.

Ich saß an einem glühheißen Julitag im Schatten vor dem Eiscafé Rialto, als mir diese Fenster zum ersten Mal auffielen. Am Nebentisch giftete sich unausgesetzt ein junges Touristenpaar an, das als weithin sichtbares Zeichen seiner Zusammengehörigkeit leuchtend rote identische Baseballkappen mit dem Ferrari-Emblem aufhatte. Wenn der Mann etwas sagte, rollte die Frau mit den Augen, und die Badesandale an ihrer Fußspitze wippte widerwillig. Eines der Fenster hoch über ihren Köpfen stand offen, und ich erkannte an der seitlichen Wand dahinter eine in der Sonne gelblich schimmernde Tapete. Wie eine seit langem erloschene Sonne, die immer noch ihr Licht zur Erde sendet, kam mir dieser irisierende, von einem nicht näher erkennbaren Muster durchzogene Lichtfleck hoch über den feuerroten Schirmmützen in diesem Augenblick vor, und ich hatte plötzlich das Gefühl, ich sollte mein kleines Fernglas aus der Umhängetasche hervorholen und das altmodische Tapetenmuster in dem stillen Zimmer in Augenschein nehmen, mich in den Blumenranken verlieren, die mit bloßem Auge freilich gar nicht zu erahnen waren, die Flecken daran umkreisen und in dem gelben Licht über die Stellen hinwegklettern, an denen die Tapete sich wellte oder Blasen bildete, und würde auf dieser Wanderung schließlich die ungeheuerlichsten Dinge erleben, Raubrittern begegnen oder Drachen oder Zwergen, wie als Kind, wenn man mit Fieber im Bett lag und die Unebenheiten an der Wand, gegen die man starrte, sich in eine von geheimnisvollen Wesen bewohnte Landschaft verwandelten.

Auch die Milchgasse Nr. 7 fällt mir dazu ein, ein gleich hinter dem Rathaus gelegenes stolzes Haus mit drei Portalen und einer Nischenmadonna, in dem sich noch bis zum heutigen Tag ein Handwerksbetrieb befindet: Vor mehr als fünfhundert Jahren hatte »Meister Mertt«, der große Maler, Bildschnitzer und mehrfach aktenkundige Weinschmuggler Martin Kriechbaum hier seine Werkstatt, und vielleicht hat sein Sohn Stefan in diesem Haus auch den Jesus gemalt, den man heute noch wie damals dabei sehen kann, wie er auf dem Ölberg unter hohen dunklen Bäumen im Gras kniet, umgeben von fieberhaften Blumen und Vögeln mit bunt schillernden Gefiedern.

Eine halbe Stunde zuvor stand ich im Innenhof der Universität, des früheren Klosters St. Nikola, und schaute auf den noch blätterlosen Efeu, der sich an manchen Stellen über die blassgrünen Hauswände rankte und dabei seltsame Bilder erzeugte: hier das einer von verzweigten tiefen Rinnen durchzogenen Felsformation, dort das eines alten Stiches einer Landkarte. Auf einer der Bänke lag eine Studentin in einem bunt bestickten Lammfellmantel auf dem Rücken und rauchte eine Zigarette. Ein Rauhaardackel stupste verdrießlich an den Schuhen, die sie sich ausgezogen hatte. Aus einem ebenerdigen Fenster kam ein klirrendes Geräusch wie von Tellern, die aufgestapelt werden. Durch den Torbogen im Süden der Blick auf den Inn, der von hier aussah wie ein moosgrüner Teich, mit darauf gleitenden weißen Enten, die beim näheren Hinschauen Möwen waren. Am anderen Ufer die helle Mauer des Severinsfriedhofs über dem grauen Winterdickicht, zwischen dem doch noch ein paar bläuliche Schneereste auszumachen waren.

Vielleicht hatte es mit dem für einen Kranken gedachten Blumenstrauß in meiner Hand zu tun, dass mir beim Hinaufschauen zu den Fenstern mit den braunen Rahmen durch den Kopf ging, ob nicht hinter einem davon vor mehr als viereinhalb Jahrhunderten Balthasar, der Sohn des Schulmeisters und Komponisten Leonhard Paminger, sein Zimmer gehabt haben muss. Ich stellte mir vor, wie der nach mehreren misslungenen Operationen grauenvoll entstellte Kopf des jungen Dichters, der »mitten in einem Meer von Kummer und Leid« Märchen, Elegien, Kirchenlieder und Schauspiele geschrieben hat, am Fenster erschien und wie er eine Zeit lang reglos mit seinen trüben, entzündeten Augen auf den stillen Klosterhof hinunterschaute, der da vielleicht gerade von einer ebenso dunstigen Frühjahrssonne ausgeleuchtet wurde wie in diesem Augenblick. Mit zwölf Jahren hat der Balthasar aufgehört zu wachsen und sich, wie man in seiner Familie sagte, in einen zweiten Lazarus verwandelt. Eine Lähmung erfasste nach und nach alle seine Glieder, sein Körper bedeckte sich mit eiternden und brennenden Wunden, deren schrecklichen Gestank selbst seine nächsten Angehörigen kaum aushalten konnten, und sein verfaultes Bein hat man ihm abnehmen müssen. Auch kein Aderlass half dem Balthasar, denn »was soll man tun, wenn sich plötzlich Saft und Kraft des ganzen Körpers selbst in Verfall und Wundeiter wendet?«, wie sich sein Bruder Sophonias fragte. Am 23. Januar 1546 starb Balthasar, erst dreiundzwanzig Jahre alt.

Unten in der eiskalten Krypta der Klosterkirche die Fragmente von karmin- und vanillefarbenen Pflanzenornamenten an den Wänden, die braunroten Konturen der Heiligen an dem dämmrigen Gewölbe: Einen Moment lang möchte man sich nicht entscheiden, ob diese Bilder aus dem Mittelalter dabei sind zu vergehen, oder ob sie nicht in Wahrheit erst entstehen, in pflanzenhafter Langsamkeit ihren Zusammenhang ausbilden, ihre Konturen vertiefen, ihre Farben verdeutlichen, und ob nicht, wenn man sich nur ein paar Jahrzehnte oder Jahrhunderte geduldete, die Wände schließlich mit leuchtend bewegten Szenen bedeckt wären.

Wie die Silhouetten der Spaziergänger vor dem schmelzwassergrünen, von grellen Lichtblitzen gesprenkelten Wasserspiegel langsam vorbeiglitten, manchmal für Augenblicke auch zu einer formlosen vielbeinigen Masse mit gleißenden Konturen zusammentraten. Wie sie von dem Kreischen der hoch oben kreisenden, meist kaum zu erspähenden Möwen oftmals übertönt wurden. Wie die Leute, hemdsärmelig die einen, im Wintermantel und mit Mützen die anderen, sich in ganz verschiedenen Klimazonen bewegten. Aber heute war kein Tag wie jeder andere, und ich empfand es als stimmig, dass die Menschen es an diesem Tag noch nicht einmal zuwege brachten, sich der Witterung entsprechend anzuziehen.

Von dem, was diese wie frühlingsverwirrt dahinlaufenden Menschen miteinander zu bereden hatten, bekam ich nur einzelne Wortfetzen mit, etwas über einen, mit dem du eben nicht reden kannst, etwas von einer, die nach einer Weltreise die Geschwisterkinder nicht mehr erkannt hat, etwas mit einer alten Frau, die an einem Winterabend aus dem Krankenhaus davongelaufen ist, im bloßen Nachthemd, die Leute auf der Straße haben sie für ein Gespenst gehalten.

Eine alte Dame mit einer eifrig nickenden Feder auf dem Hut sagte zu einer anderen mit einem fetten schnaufenden Dackel, die ihr entgegengekommen war: »Es wird gestorben, und man kriegt es gar nicht mit.« »In der Zeitung steht immer etwas anderes«, antwortete die Hundebesitzerin, die eine gehäkelte rosa Mütze trug. Ganz sinnlos waren diese immer gleich wieder abreißenden Wortreihen, aber doch fügten sie sich in die Brüchigkeit und Wesenlosigkeit der Prozession, die sich durch die bleiche und doch schon blendende Vorfrühlingssonne bewegte. »So manchen schönen Beitrag haben die Passauer in das Magazin der menschlichen Thorheiten geliefert«, wie der Professor Fabri sich einmal in seinem unverfrorenen Buch ausdrückt.

Dann schlug es nacheinander von den Kirchen der Altstadt in meinem Rücken drei viertel eins: Die tiefe gedrungene Glocke musste die des Doms sein, die etwas hellere und fast ein wenig leichtfertige vielleicht die der Studienkirche St. Michael, und vor mir über den Fluss herüber drang das sachliche, ein wenig steife Läuten der Innstadtkirche, gefolgt von dem sehr fernen, womöglich auch nur eingebildeten Totenglockengebimmel von den Türmen des Mariahilfklosters, dessen durchbrochene Hauben sich hoch über dem Dächergeschiebe der Innstadt in dem durchsonnten Frühjahrsdunst abzeichneten. Hörte man hier wirklich noch die Glocke von St. Bartholomä drüben in der Ilzstadt, oder war es bloß ein Nachhall von einem der nahen Türme?

Seit Jahrhunderten, kam es mir in den Sinn,

wurde so ein dichtes Netz aus Glockenklängen über die Tage geworfen, seit dem Mittelalter war keine einzige Stunde ungezählt und unbeaufsichtigt geblieben. Nur am Karfreitag, fiel mir dann aber ein, verhielt es sich anders: Da hatten die Menschen früher immer in den Kirchen die Leiden Christi in einer »Passion-Comedi« nachgestellt. Erst im Jahrhundert der Aufklärung gelang es den Behörden, dieses Treiben zu unterbinden, bei dem es vorkommen konnte, dass der Heiland im Nachthemd und mit einem Haarnetz auf dem Kopf in Erscheinung trat. Man war ausgelassen und doch ganz bei der Sache in diesem Spiel. Draußen der Tag aber blieb, wie es der Karfreitag bis heute ist, ein stiller und schwerer, ungeformter Zeitblock, der nicht in übersichtliche und auslebbare Momente zerteilt werden durfte, denn läutete man an diesem Tag eine Glocke, löste sich diese sogleich aus ihrem Gestühl heraus und entschwebte nach Rom.

Gleich wie das Geschrei der Möwen, die nun von den Glocken aufgeschreckt den Himmel zu durchkreuzen begannen, vermaß das ferne und nahe Glockengeläut den gesamten Raum der Stadt, von den fast menschenleeren warmfarbigen Gassen um das syrisch verschachtelte Kloster Niedernburg herum und den noch kahlen Uferanlagen am Ort bis hinauf zu den mit gleichfalls noch blätterlosen Büschen und Sträuchern überwachsenen Hängen des Mariahilfbergs, von der Universität im ehemaligen St. Nikola-Kloster bis hinüber zur Ilzstadt und weiter nach Hals hinaus, und von der hohen graubraunen Klippe über der Donau, an der sich die Mauern der mittelalterlichen Bischofsfestung entlangziehen, bis zu dem Krankenhaus im Westen der Stadt, in dem ich eines Tages zur Welt gekommen bin und in dem ich in den letzten Monaten so häufig meine Besuche machte, dass ich fast schon das Gefühl hatte, sie gehörten zu meinem Leben.

Dann waren die Glockenschläge verklungen, und die Möwen, die sich an das Geläut offenbar in Jahrhunderten nicht zu gewöhnen vermögen, saßen beruhigt wieder auf Ufersteinen, Brückengeländern und Dachfirsten und putzten sich ihr Gefieder, manche ließen sich auch auf dem Wasser treiben. Die Mittagspause ging ihrem Ende zu, der Büronachmittag war den Leuten schon wieder in die Gesichter geschrieben, die Uferbänke wurden eine nach der anderen wieder frei. Die Spaziergänger auf der Innpromenade zerstreuten sich, sie lösten sich auf in eilige und plötzlich zielstrebige Einzelmenschen, verwandelten sich dann im Wenigerwerden in lauter Rentner mit großen Brillen und bis zur Brust hochgezogenen Hosenbünden und in Witwen mit den absonderlichsten Kopfbedeckungen. Kaum waren jetzt mehr Stimmen zu hören. Nur noch dünne zitternde Linien von fernem ununterbrochenen Verkehrsrumoren zogen sich durch das Flusstal.

Es war einer von den Passauer Momenten, der sich jetzt auf die Gassen und Plätze und Uferanlagen herabsenkte. So hatte ich für mich diese Momente zu nennen begonnen, die mir wie gereinigt schienen von allem Augenblicklichen und Austauschbaren, ganz wie die Landschaften und die Gesichter und die Gegenstände auf den Altarbildern aus dem Spätmittelalter mit ihren unwahrscheinlich steil gewölbten Hintergrundshügeln. Es waren Momente, in die nichts Gewesenes und auch nichts Bevorstehendes seinen Schatten hineinwarf, und in die dennoch oder gerade deswegen die ganze Geschichte der Stadt bis in ihre keltische Vorzeit, vielleicht sogar bis in ihre diluvialen Uranfänge sich einzeichnete.

Bei meinen Besuchen in den letzten Monaten hatte ich diesen Moment, der, wie ich überzeugt bin, unter dem Alltagsfirnis unausgesetzt anhält, oft erlebt, beim gedankenlosen Hinausschauen aus einem tiefen Wirtshausfenster auf eine in taubenblauen Schatten dahindämmernde Nachmittagsgasse, in die manchmal ein Sonnenblitz fiel, wenn jemand ganz oben ein Fenster öffnete. Beim Herumblättern in einem alten Bildband mit Schwarzweißphotographien, oder beim Entlanggehen auf dem mit Nesseln, Gras und Gestrüpp halb überwachsenen Schienenstrang des schon vor Jahrzehnten aufgelassenen Schienenweges nach Hauzenberg, der dem Südufer des Inns folgt, an dem verlassen und abgetan dastehenden Rosenauer Bahnhofsgebäude vorbei und dann noch viel weiter an den kleinen spießigen Gärten und den ganz überwachsenen winzigen Häusern am Ufer entlang in Richtung Haibach, bis aus dem Inn hinter der Ortsspitze im Osten schon lange die Donau geworden ist. Oder wenn an der Biegung der Carlonegasse in der Altstadt, nachdem der Blick lange an einer sonnenbeschienenen weißen Wand mit eigenartigen Ausbuchtungen und Unebenheiten entlanggestreift ist, sich auf einmal eine barock auftrumpfende Aussicht über den in der Mittagssonne gleißenden Fluss auf die Klosteranlage oben auf dem Mariahilfberg auftut.

Und einmal durchlebte ich einen solchen Moment auch, als ich am Ende eines falschen Sommertags im Oktober des Vorjahres auf der Marienbrücke stand. Der Boden unter mir schwankte unter dem nur langsam versiegenden Feierabendverkehr, der etwas eigenartig Friedliches an sich hatte, vielleicht weil die Leute in meiner Vorstellung alle nach Hause unterwegs waren. Der Mond stand da wie eines der grünfleckigen Kupferstücke aus dem Vorgeschichtsmuseum, dem Anschein nach haargenau über dem Zusammenfluss der beiden Ströme, mit einer kleinen tintenschwarzen Wolke am unteren Rand versehen, der einzigen am ganzen Frühnachthimmel.

Alles dämmert herauf und tritt zutage in einem solchen nicht vorauszusehenden und auch nicht herbeizitierbaren, sondern jeweils unversehens vorfallenden Moment, und es kommt einzig darauf an, wo man dann gerade hinschaut, welche Wege und Abwege man einzuschlagen sich vornimmt. Wie ich so auf meiner Bank saß und die Augen geschlossen hatte, füllte sich das leere Krankenzimmer, das ich gerade verlassen hatte, in meiner Vorstellung mit allem, was ich je von Passau gesehen, gelesen, erzählt bekommen habe: mit den weit zurückliegenden verheerenden Feuersbrünsten, die im Bedenken noch einmal hell aufflammen, den frommen auf Holztäfelchen gemalten Wundern, durch die Gelähmte wieder gehend wurden und Ertrinkende dem festen Land zurückerstattet, mit dem langsamen Herauswachsen und unbegreiflichen Zum-Vorschein-Kommen und Farbigwerden einer spätgotischen Marienfigur aus einem Klotz von Lindenholz, den immer wiederkehrenden Hochwasserverhängnissen, dem bald tausend Jahre alten Schädel der heiligen Gisela mit dem goldenen Diadem, der aus dem Grabmal in der Klosterkapelle herausgrinst, den raunenden und rasselnden Thingspielen oben vor der Veste Oberhaus, dem Dunkel eines mittelalterlichen Torbogens oder einer verschütteten Kindheitserinnerung, die nur mehr wie eine nächtliche Leuchtreklame ein blinkendes Farbsignal ins Bewusstsein aussendet, ein zerschlissenes Grün vielleicht, oder ein gelbliches Alleinseinsgefühl unter himmelhohen Sommerbäumen.

All diese Begebenheiten und Anblicke ordneten sich, als ich zum letzten Mal an der Innpromenade saß und nur so vor mich hinschaute, zu einer Erzählung, die keinen Anfang und kein Ende hatte und sich eher in der Folgerichtigkeit der Halbschlafbilder entwickelte, oder wie in den mittelalterlichen Gemälden, wo in der Weite des Raums oft unfassbar vieles gleichzeitig vorhanden ist.

Wollte man diese Erzählung aufschreiben, ging es mir durch den Kopf, müsste man sich nur erst ein Herz fassen und beginnen: Der Himmel ist blau (denn das war der Fall, während ich auf der Bank am Wasser saß, es war ein erschöpfendes, gravierendes Blau jenseits aller Beiworte), und das Eis, in das die Mauern und Türme und Passanten unter diesem Märzhimmel eingeschlossen waren, wäre auch schon gebrochen. Mein eigenes Passauer Leben, das sich im Grunde bloß aus einer Hand voll früher, traumartiger Erinnerungsbilder zusammensetzt, ginge in der Stadtgeschichte auf, ohne dabei etwas von seiner Geringfügigkeit und Beiläufigkeit einzubüßen.

Alles eben noch voneinander Ferngehaltene berührte sich mit einem Mal und geriete in den Erzählfluss: Der Himmel über dem Flusstal ist also blau und wird von glänzenden Möwen durchkreuzt, deren Geschrei in manchen Augenblicken noch in die tiefsten dämmrigsten Mittelaltergassen etwas Ozeanisches hineinträgt, eine Ahnung von funkelnder Brandung und von Salz und von planetarer Weite, die sich gleich hinter der nächsten Hausecke auftun könnte. In einem Wirtshaus zieht eine alte Frau ihren Mann scherzhaft am Hosenträger. Ein auf einer Parkbank eingenickter Mann bringt mit einem lauten Aufschnarchen, das ihn auch selber weckt, die Spatzen um ihn her zum Auffliegen. Als Nächstes geschieht, dass ein Kind aus einem Klassenzimmerfenster hinausschaut und sich auf die weiten ausgebleichten Schrägflächen der Ziegeldächer dort draußen träumt, auf Augenhöhe mit den Möwen, die dort auf den Firsten sitzen …

Während mir all das durch den Kopf ging, schoss der Inn vor mir die ganze Zeit funkelnd in östliche Richtung, während in den Strudeln und Stromschnellen, die seinen Spiegel aufrauten, ein Zögern vor dem bedenkenlosen Dahinströmen ausgedrückt schien, eine Zaghaftigkeit, wie man sie einem Gebirgsfluss nicht zutrauen möchte, vielleicht sogar ein Umkehren-Wollen.

Auf der anderen Seite der Altstadthalbinsel die Donau: Ein langer schwarzer Frachtkahn mit der gelben und blauen Flagge der Ukraine glitt langsam unter der Schanzlbrücke hindurch, gespenstisch menschenleer, schnellte lautlos an den vertäuten Stadtrundfahrtsdampfern vorbei und würde bald schon hinter der dicht bewaldeten Biegung verschwunden sein, die der zweitlängste Fluss Europas gleich hinter Haibach beschreibt.

Noch weiter nördlich: In sich gekehrt und fast regungslos windet sich die Ilz an dem uralten, seit langem eingemeindeten Marktflecken Hals mit seiner Burgruine und den altmodischen Zigarettenautomaten vorbei und weiter durch die nach ihr benannte, zwischen zwei felsige Höhenzüge eingelassene Vorstadt, ein erstarrter Glasfluss von tintenschwarzer Färbung, in dem sich das Gelb der streckenweise das Ufer säumenden Schwertlilien abbildet: Ereignete sich hier und da ein sonniges Erglänzen auf seiner Oberfläche, zeichnete ein Windstoß flüchtig eine silbrige Maserung auf seinen Spiegel, so verdeutlichte dies nur die allem Anschein nach vollkommen undurchdringliche Kohlenkellerfinsternis darunter, die zugleich diejenige der Hochwälder des Bayerischen Waldes ist. Wenn die Sonnenstrahlen schräg auf den schwarzen Spiegel fallen, sieht es an manchen Stellen so aus, als ob dieser mit einer unendlich feinen illuminierten Staubschicht überzogen wäre.

Früher holte man in großer Zahl vom Grund der Ilz bläulich-schwarze Muscheln, in die schwarze Perlen eingeschlossen sein konnten. (Die Halser Perlenfischerstraße am rechten Ufer erinnert noch an diese Zeit.) Der Name der Muschel hat etwas von der zarten Versponnenheit der Worte, die man manchmal im Traum hört: Margaritifera margaritifera … Heute sind diese Muscheln fast völlig aus dem Fluss verschwunden.

Wenn ich durch Ilzstadt ging, hatte ich immer das Gefühl, als ob der tosende Verkehrslärm von der Freyunger Straße eine Art Membran um das Schweigen bilden würde, das der Fluss ansammelt und stetig mit sich führt auf seinem Weg durch die Nadelwälder und Nasswiesen hindurch und um die Berghänge herum. Am linken Ufer zieht sich im Schatten des Festungsbergs eine Grünanlage hin, in der im Sommer die Rentner auf Gartenstühlen herumsitzen und die »Passauer Neue Presse« lesen. Heben sich die Ilzstadtbewohner wirklich durch einen besonders hohen »Grad von Grobheit und rohem Wesen hervor«, wie Fabri beteuert, sind die Frauen dort »bäurisch-stolz, naseweis, verleumderisch«, so verbergen sie, dachte ich, als ich an ihnen vorbeiging, diese Eigenschaften heutzutage hinter arglosen und gelassenen Lesermienen.

Früher einmal hatten den schmalen Streifen zwischen dem Festungsberg und dem Flussufer die Juden der Stadt bewohnt. Ihre Synagoge lehnte sich bis zu ihrer Zerstörung durch den Bischof im späten fünfzehnten Jahrhundert gegen die schroffe Felswand, an der Stelle, wo heute die stets zugesperrte Salvatorkirche gleich am Ausgang des Straßentunnels steht. Irgendwo am Hang über der Ilz hat man in einem Areal von Gemüsegärten Knochen und Schädelreste des alten Judenfriedhofs ausgegraben.

Ein halbes Jahr zuvor herrscht einmal ein kühler Herbstmorgen, mit rauchigem Sonnenschein, der sich nur auf dem gelben Laub und den weißen Stämmen der Birken zu etwas Warmem und Leuchtendem verdichtet. Mein Blick vom Innsteg in Richtung Westen fällt auf eine scheinbar kaum je unterbrochene, in sanften Wellen bis zum Horizont reichende bläulich neblige Waldwildnis, aus der nur in der Nähe noch ein paar Häusergruppen hervorsehen.

In zwei-, dreihundert Metern Entfernung überspannt die Stahlkonstruktion der Kaiserin-Elisabeth-Eisenbahnbrücke den Fluss. Von dem kathedralenartigen Bau, den die im Jahre 1860 eingeweihte Brücke bis gegen das Ende des Krieges vorgestellt hat, ist heute nur noch ein einzelner Bogen sowie ein sechseckiger, in Zinnen auslaufender Turm übrig, der aus den metallisch glänzenden Weidenlaubwänden am rechten Ufer hervorragt und sich im kreiselnden Innwasser unsicher spiegelt.

Früher einmal, bevor die Nazis die Brücke gegen Kriegsende in die Luft sprengten, waren je zwei solcher Türme an jedem der Ufer, die man anlässlich des Brückenbaus künstlich erhöht hatte, durch ein von Säulenreihen durchbrochenes Mauerwerk verbunden gewesen. Die beiden Gleise der von Österreich herüberkommenden Westbahn führten durch gotische Torbögen hindurch, für etwa achtzig Jahre, und ich stelle mir gern vor, wie all die wundersamen

Sinnlosigkeiten, die Türme, Zinnen und Säulen des Brückengebäudes immer im Lokomotivenrauch aufgelöst wurden und wie dann, unbegreiflicherweise, doch immer wieder alles in seine ursprüngliche Gestalt und an seinen alten Platz zurückfand.

Viele alte, meistens vom Nordufer aus aufgenommene Photographien zeigen diese Brücke. Auf einer, die ich in einer alten Stadtgeschichte gefunden hatte, sind die umliegenden Häuser im Hochwasser des Jahres 1899 halb untergegangen, und die Brücke ist zu einem sinnlosen Ding geworden, das einen Punkt mitten im Wasser mit einem anderen verbindet. Auf einem anderen Bild zeichnet sich das Gebäude vor den weiten steilen Wiesenhängen des Kühbergs über dem südlichen Innufer ab. Man könnte diese Hügel auf der schon stark verblichenen Photographie, in die Irre geführt durch das beinah orientalische Aussehen des Bauwerks, für die riesenhaften Dünen der Saharawüste halten, zwischen denen im nächsten Augenblick eine Karawane auftauchen würde: Erst nach und nach entwickeln sich die Flecken darauf zu Baumgruppen und deren Schatten, die über das weiträumige Wiesenland verstreut sind, und zwei, drei helle Würfel klären sich dem Auge zu einsam dastehenden Gehöften.

Das Gefüge aus stählernen Streben, das man in den Nachkriegsjahren an die Stelle des Märchenpalasts gesetzt hatte, zerfließt in einer mit einem Mal machtvoll vor mir aufscheinenden Kindheitserinnerung. Plötzlich spaziere ich mit dem Großvater wieder diesen Uferweg entlang, an einem kühlen windigen Vormittag. Mich friert an den Zehen und die feuchtkalte Luft tut den Lungen weh. In den Schwaden des Flussnebels ist die Brückenkonstruktion auf geheimnisvolle Weise untergegangen, um sich eine Minute später wieder als zusammengefügt vorzustellen, ein schwarzes Geflecht vor einer milchweißen Wand, die sonst alles lautlos verschluckt hat. Mir ist, als hörte ich die Stimme des Großvaters plötzlich wieder, doch noch bevor sich die Erinnerungslaute zu Worten verdichten und eine Geschichte in Gang setzen können, bringt das leise Vibrieren des Innstegs, bewirkt durch zwei vorbeijoggende Mädchen, alle Bilder in mir zum Aufhören.

Der Stadtteil, der sich zwischen den steilen, teils bewaldeten, größeren Teils aber mit Gras bewachsenen Hügeln im Süden und dem Ufer des Inns ausbreitet, ist nicht anders als die Altstadt von Passau selbst schon in der Römerzeit eine Siedlung gewesen und es ohne nennenswerte Unterbrechung bis zum heutigen Tag geblieben. Wenngleich aus dieser Zeit auch nur ein paar unansehnliche Mauerteile stehen geblieben sind, spürt man doch, dass die menschliche Anwesenheit hier weit zurückgeht, es ist, als bewegten sich die wenigen Passanten in dem Viertel unter einem weiten, sogar im Herbst noch mediterran anmutenden Himmel in einer großen, wenn auch mittlerweile zu Ende erzählten Geschichte.

Am Ende des Innstegs schaue ich links auf die Gewächshäuser der Gärtnerei hinunter, die von einem bläulichen Geisterlicht erhellt sind, das aber vielleicht nur der Widerschein des von einer feinen Dunstschicht überzogenen Herbsthimmels auf den Glasscheiben ist. Durch einige spaltweise geöffnete Scheiben sehe ich auf dicht an dicht stehende, gelbe und blauviolette Blumen. Vom Innufer ist die Gärtnerei nur durch den halbüberwachsenen Bahndamm der alten Hauzenberg-Linie getrennt.

Rechts von der Brücke zeichnet sich gleich über dem Gestrüpp der Uferböschung die fleischfarben getünchte Severinskirche ab, ein einfaches und schon durch das Fehlen eines Glockenturms altertümlich wirkendes Gotteshaus. Das hohe steile, vom anderen Flussufer aus betrachtet beinahe senkrecht erscheinende Ziegeldach erinnert an fromm gefaltete Hände.

Die Anfänge dieser Kirche reichen mehr als anderthalb Jahrtausende zurück, in ein beinahe spurloses Altertum, in eine Zeit, als hier noch eine romanisch sprechende Bevölkerung, die zum Umkreis des nahen Römerkastells gehörte, sich der Angriffe wandernder Sueben-, Alemannen- und Thüringerstämme zu erwehren hatte. Das Taufbecken aus Marmor neben dem Eingang der Kirche ist aus dem

Grabstein eines aus Illyrien stammenden römischen Steuereinnehmers namens Faustinianus gemacht worden. Die Inschrift des Steins besagt, dass die Söhne des Beamten, Ingenius und Felix, ihn den Hausgöttern des Vaters weihten.

Der Begründer der Kirche, der aus Italien stammende Mönch Severin von Noricum, ist der einzige Mensch aus dieser unsicheren Epoche, der nicht schon völlig aus dem Gedächtnis der Zeit gelöscht ist. Unweit der Kirche muss er eine Zelle gehabt haben, und auch auf der anderen Innseite hat er ein Kloster gegründet. Die Kirche ist von einem Friedhof umgeben, mit immergrünen zugeschnittenen Bäumen und kleinen Birken und mit einer unbestimmte Schrecken erregenden modernen Aussegnungshalle am Westende, wo sich dann hinter einem barocken Torbogen mit der Inschrift »Aber die Gerechten werden in Ewigkeit leben und ihre Belohnung ist bei dem Herrn« die große Innstadtnekropole anschließt. Gleich neben dem Eingang die öffentliche Toilette für die Friedhofsbesucher, wo einen die Aufschrift auf dem Kondomautomaten neben dem Pissoir, »frisch, zuverlässig, for sex and fun«, nach der langen Lektüre der Grabinschriften einen Moment lang aus der Fassung bringt.

Ringsum sind auch Grabsteine und Tafeln in die Mauern der Kirche eingelassen, manche so hoch, dass die oft vielzeiligen, fast epischen Inschriften nicht zu entziffern sind. Einige der Tafeln sind fünfhundert Jahre alt. Photographien der in den letzten Jahren Verstorbenen an manchen der in dichten Reihen stehenden Gräber ringsum: Manche sehen aus, als wüssten sie, dass man sie für ihren Grabstein ablichtet. Während ich sie anschaue und daran denke, dass ich manchen von diesen Leuten früher im Leben vielleicht einmal begegnet bin, blinkt im Augenwinkel immer wieder einmal wie eine Sehstörung der rasch vorüberströmende Inn auf.

Ein kleiner Seitenraum gleich neben dem Eingang der Kirche heißt die Severinszelle. Drei tief ins Gemäuer eingelassene Bogenfenster, jedes kaum höher und dicker als ein Unterarm, erhellen den weiß getünchten Raum spärlich. Kniet man nieder auf die mit schwarzem Samt bezogene Bank vor dem schmiedeeisernen Gitter, das die Zelle bis zur Decke hinauf teilt – und dazu ist der Betrachter wegen der Enge der Zelle gezwungen –, sieht man links durch die Fensterchen auf einige unwahrscheinlich hoch in die Lüfte sich hinauswagende Zweige und Wipfel.

Hinter dem Gitter zeichnet sich auf Augenhöhe eine dicht gedrängte Gruppe kaum ellenhoher Gestalten ab, unsicher verfließend im Dämmer. Erst wenn man den Lichtschalter am Zelleneingang drückt, gleiten die tiefen Schatten wie ein schwarzes Tuch von den Figuren ab, und jedes Mal kommt mir dieser in Wahrheit gar nicht wahrnehmbare Vorgang traumhaft verlangsamt vor. Jetzt klärt sich das dunkle undurchsichtige Gefüge ineinander übergehender Körper und Gliedmaßen zum Abbild der Apostel, die betend und trauernd die gerade ihr Leben aushauchende Maria umgeben. Alle Figuren sind in Gold gefasst, nur hier und da sieht ein braunes Gewand unter einem Umhang hervor, irgendwo schimmert ein fahlgrüner Ärmel, und Marias Gewand erstrahlt in einem lebhaften Rot.

Trotz des Golds der wallenden Stoffe, in die die Figuren gehüllt waren, meinte ich bei keinem meiner Besuche in der Zelle in ein heilsgeschichtliches oder mittelalterliches Geschehen hineinzuschauen, sondern unmittelbar in etwas sich gerade eben Abspielendes. Die Masse der Kreuze draußen zeigte doch, wie viel eigentlich gestorben wird. Einige der Figuren erschienen mir von jeher vertraut, weil die Gesichter fast allesamt den niederbayerischen Menschen abgeschaut sind.

Manche der Apostel sind glatzköpfig, andere tragen wallende Bärte. Einige haben ein Doppelkinn, und aus ihren Gesichtern meint man noch durch den Kummer die wohlgenährte Selbstzufriedenheit hervorleuchten zu sehen, die einem so vertraut ist von manchen Vertretern der in Bayern vorherrschenden Partei. Petrus, der vor Maria niederkniet und ihr die Sterbekerze tragen hilft, ist ein hagerer Alter mit gutmütigen Zügen. Maria selbst erscheint als eine abgearbeitete müde Bäuerin mit einem spitzen Kinn. Der hoch gewachsene bartlose Johannes mit den länglichen und doch weichen, ein wenig fraulichen Zügen, der die Gottesmutter von hinten stützt, ist mir in der Gegenwart schon häufiger begegnet, als Kellner in einem Biergarten, oder als Friedhofsgärtner gleich vor den Fensterchen der Severinszelle. In der Erinnerung lösen sich seine hier in einem Stück Lindenholz eingewinterten gutmütig-einfältigen Züge von einem Nachbarssohn, der vor Jahrzehnten schon mit seinem Käfer einen tödlichen Unfall gebaut hat, und lassen sich auf dem glatten und weichen Gesicht eines einsilbigen Busfahrers nieder, auf einer Fahrt durch den Bayerwald an die tschechische Grenze, an einem trüben Nachmittag im September vergangenen Jahres.

Mit großer Selbstverständlichkeit und Beiläufigkeit sind die Überreste der Frühzeit, die Mauern und Türme und Torbögen des Mittelalters und der darauf folgenden Zeitalter über die Alltagswirklichkeit der Innstadt verstreut; die Häuserzeilen im Kern des Viertels sind in Jahrhunderten, in denen ihre Bewohner gekommen und gegangen sind und in den Läden die verschiedensten Geschäfte betrieben und wieder aufgegeben haben, immer dieselben geblieben. Die Vergangenheit, hier ist sie nicht fortgeräumt und ungeschehen gemacht, es ist vielmehr, als werde sie an allen Ecken und Enden immer wieder ausgebessert und dann weiter bewohnt.

In manchen Winkeln des Viertels bin ich mir beim Herumspazieren manchmal nicht mehr ganz sicher gewesen, in welchem Jahrzehnt oder Jahrhundert ich mich gerade umtat, bis vielleicht aus dem Inneren eines Hauses, in dessen Fassade eine Nische mit einer alten Marienskulptur eingelassen war, das Piepen oder Sirren eines Mobiltelefons drang, im Dunkel eines ebenerdigen Zimmers ein Fernsehbild umsprang, oder unter einem Türsturz aus dem Spätmittelalter eine Frau mit einem Fahrradhelm auf dem Kopf und einer Luftpumpe in der Hand auftauchte.

Kaum jemand, der zu Fuß, mit dem Fahrrad oder gar mit dem Auto in der Innstadt unterwegs ist, nimmt Notiz davon, dass von den letzten zwanzig Jahrhunderten hier noch keines ganz und gar vergangen ist, und gerade mit dieser ernsthaften Oberflächlichkeit der Leute hier wird es zu tun haben, dass die Vergangenheit zwar auch hier vorbei, aber doch noch nicht ganz zu Ende gedacht ist, und jedenfalls noch nachschwingt für den, der sich neugierig und ohne ein Geschäft zu verfolgen hier herumdrückt.

Zwar ist der Grubergarten am westlichen Ende der Lederergasse, gleich hinter dem engen Severinstor, wo man in den späten siebziger Jahren ganz unerwartet die Überreste des vorher nur immer vermuteten Römerkastells Boitro freigelegt hat, heute ein Museum für Frühgeschichte, mit einem Rasenplatz voller antiker Mauerreste davor, doch abseits der Ameisenstraßen der Urlaubsreisenden gelegen, kam es mir doch immer nur als eine vor lauter selbstverständlichem und naturnotwendigem Vorhandensein kaum mehr aus dem Alltagsrahmen fallende Einrichtung vor, eingelassen in das Gefüge des Stadtteils wie die Gärtnerei am Fluss neben der Severinskirche oder der Friseursalon ein paar Schritte die Gasse hinauf. (An jenem Oktobertag war ein Schild »Heute durchgehend geöffnet« an der tatsächlich verriegelten Eingangstür des Museumsgartens angebracht gewesen.)

Wendet man sich beim Innsteg nach links, kommt einem vom Lindental der Beiderbach oder Beiderwiesbach entgegen, in dessen Namen noch die Urerinnerung an das Römerkastell eingeschlossen ist. Der Wasserlauf, dessen Kraft die Lederer im Mittelalter für ihre Lohstampfen genutzt hatten, ist heute flach, sein Bett immer wieder von Steinen übersät, an denen sich die Wellen teilen. Er wird von oft hohen Gräsern, Sträuchern und von großblättrigen Wasserpflanzen gesäumt und zeigt sich da manchmal nur mehr als ein blauer Schimmer aus der Tiefe, der im Dunkel eines gemauerten Brückenbogens dann ganz erlischt.

Das abschüssige, links und rechts der Straße mit Einfamilienhäusern bebaute Wiesen- und Gartengelände, das der kleine Bach auf seinem Weg dem Inn entgegen durchmisst, wird das Beiderwiestal genannt, nach dem seit langem eingemeindeten Straßendorf, das weiter oben am Erlenbach im hügeligen Wald- und Grasland ausläuft. Am linken Ufer des Beiderwiesbachs, ganz unten bei der

Severinskirche, steht der aus groben Feldsteinen wie für eine Ewigkeit zusammengefügte Peichterturm aus dem fünfzehnten Jahrhundert, in dem gleichfalls noch das römisch-keltische Urwort anklingt. Gar nichts Kriegerisches oder Wehrhaftes geht von dem Rundturm heute mehr aus, sondern eher eine dickbäuchige gemütliche Gutartigkeit. An das graubraune Gemäuer lehnt sich unbefangen ein Wohnhaus aus heutiger Zeit an, und ganz oben in dem winzigen augenartigen Turmfenster, das einst eine Schießscharte gewesen sein muss, hat man eine sauber geputzte Fensterscheibe eingesetzt, hinter der man einen Blumenstock erkennen kann.

Geht man dann zum Lindental hinauf und biegt links in den zu den ersten Häusern mit dieser Adresse führenden Gartenpfad oberhalb der alten Wehranlage ein, deren Verlauf und ursprüngliche Ausdehnung für den Unkundigen nur schwer zu erraten sind, zeigt sich bald in einer Zeile niedriger, sicher auch schon recht alter Häuser, die hier an die Stelle der alten Stadtmauer getreten ist, mit einem Mal wieder einer dieser alten, zufriedenen Rundtürme aus hellbräunlichem rauen Gestein, mit einem biederen spitzen Walmdach darauf, während der lang gestreckte Rasenplatz vor der Häuserreihe wohl einmal zum Zwinger der spätmittelalterlichen Befestigung gehört hat.

Zwischen die parallel verlaufenden Wehrmauern aus dem frühen 15. Jahrhundert geraten, fühlt man sich plötzlich in eine zeitlos dahinwuchernde Schattenwelt versetzt. Wie an so vielen Stellen der Gegend wächst hier all das, was sonst in Städten nicht wachsen darf, bläulich schimmernde Brennnesselfelder, kniehohe Gräser, Farne, Disteln, Löwenzahn und großblättriges bitter riechendes Unkraut, inmitten dessen die wahrscheinlich schon vor Jahrzehnten aufgestellten Ruhebänke kaum mehr auszumachen sind. Auch eine Tischtennisplatte hat man hier einmal aufgestellt und wohl bald wieder vergessen: Von alten Blättern und klebrigen Samen verunreinigt, ist sie seit langem völlig unbrauchbar.

An dem grob gemauerten Wall, der manchmal geheimnisvolle, die Einbildungskraft beschäftigende Ausbuchtungen mit versperrten Innenräumen bildet, schwirrten an jenem Morgen die Mauersegler entlang, sehnsüchtig beäugt von einer fetten schwarzen Katze, die im noch taunassen Gras herumschlich. Gegen Westen neben einem anderen mittelalterlichen Haus mit einem hohen Dach wurde wieder der alte Peichterturm sichtbar, dessen runde Spitze mit der kleinen Wetterfahne darauf über dem Wipfel eines dicht mit roten Äpfeln behangenen Baums hervorsah. Vielleicht hat es mit diesen Türmen zu tun, dachte ich, dass man hier in der Innstadt auch mehr als anderthalb Jahrtausende nach dem Untergang des römischen Imperiums immer noch das Gefühl hat, man befinde sich am denkbar entlegensten Außenposten, ganz am Rand der von den Menschen gepflegten und bewohnten Welt.

Als ich etwas später den Rosenauer Weg am Innufer entlang ging, fiel mir auf einmal ein Photo ein, das meine Mutter zeigt, wie sie das für mich unvorstellbarste aller Dinge in einem hellen Kinderwagen genau an diesem schmalen Weg am Bahngleis entlangschiebt, nämlich mich selbst in Gestalt eines Säuglings. Damals wie heute wird durch die hellgrüne Färbung des Wasserspiegels der Inn als einer der Urströme vorstellbar, die vor Hunderttausenden von Jahren schon die menschenleeren Wildnisse durchzogen. Und schließlich macht sich auch hier am südlichen Innufer überall noch die von den Flüssen mit geschaffene Urlandschaft geltend, aus der die mittelalterlichen Mauern hervor gewachsen scheinen. Demgegenüber wirken die Bauten der neueren Zeit oft wie etwas bloß vorübergehend Aufgestelltes, flüchtige Provisoria, die ganz leicht wegzudenken sind.

Schaut man von einer der erhöhten Stellen der Umgegend, etwa vom Mariahilfberg, oder auch nur von dem dicht am Ufer entlangführenden Rosenauer Weg in östlicher Richtung auf den Inn hinaus, kommt einem der Fluss so breit vor wie sonst nur die

Deltas der mächtigen Ströme kurz vor ihrer Mündung in den Ozean. An einer von großen Bäumen überwölbten Wiese am Ufer hinter dem Zusammenfluss von Donau und Inn steht man am Rande einer weiten mattgrünen Wasserfläche, die, auf der anderen Seite von einer bewaldeten steilen Wand, dem Klosterberg, gesäumt, gerade so gut ein Fjord sein könnte, und das druckvolle Strömen des Wassers wäre dessen Abfließen bei einsetzender Ebbe.

In meiner Erinnerung liegt dieser Rasenplatz, obwohl ich in den verschiedensten Tages- und Jahreszeiten auf dem Weg nach Haibach daran vorbeigelaufen bin, doch für immer in einer rasch hereinbrechenden und doch nicht in die Nacht hineinführenden Herbstdämmerung und dreht sich dabei immer mehr von der Stadt weg zum Wasser hin, bis ich mich auf eine schmale Landzunge versetzt glaube, und während das Gras um mich her eine fahl glimmende Graustichigkeit annimmt und ich den Geruch des rasch strömenden Wassers umso stärker wahrnehme, je weniger ich es mehr sehen kann, werden die roten und weißen Lichter drüben auf der zum Feierabend hin dicht befahrenen Donaustraße, flüchtige Spiegelungen über das Wasser streuend, zum einzig deutlich und zweifellos Bleibenden in einer Uferlandschaft, die mir nach einiger Zeit dann jedes Mal vergeht wie ein Traumgebilde, das nur noch einen Moment auf der Netzhaut schimmert, wenn man erwachend in ein neonhelles Zimmer blickt.

Am Rande dieses Rasenplatzes am Donauufer befindet sich, halb versunken im Gebüsch, eine kleine gemauerte Kapelle mit einem hölzernen Spitzdach, an dem ein Bild von Maria und eines von Jesus, einmal nicht als Gekreuzigter, angebracht sind. An der Wand hängt eine kleine Gedenktafel für drei zehnjährige Schüler, die hier vor bald einem halben Jahrhundert im Fluss ums Leben gekommen sind. Einmal an einem Sommerabend stand ich lange vor dem Kruzifix in der weiß ausgemalten Bogennische, mit dem ewigen Licht auf der Brüstung und der großen Vase auf dem Boden mit den kürzlich erst erneuerten roten und weißen Blumen darin, die an Blumen in einem Krankenzimmer denken ließen, und versuchte umsonst, eine verschüttete Erzählung nachzubuchstabieren, die vielleicht gerade noch umlief, als ich ein ganz kleines Kind war, und die von einem schon eine Zeit zurückliegenden schrecklichen Unglück, vom Verschwinden im Fluss handelte.

Ein paar Tage später bin ich in die Staatsbibliothek gegangen, um in der »Passauer Neuen Presse« jener Tage nachzulesen, was damals geschehen war. Am Abend des 25. Juni 1960, einem Samstag, fuhren zwei Freunde, ein zweiunddreißigjähriger Fernmeldeassistent und ein vierundzwanzigjähriger angehender Bahnschaffner, in einer Motorzille zu einer Insel in der Donau. Dort begingen die Sankt-Georgs-Pfadfinder gerade eine Sonnwendfeier; ein katholischer Geistlicher hatte auf der Sandbank dem Brauch entsprechend das Feuer entzündet. Gegen Viertel nach neun machten die beiden Männer sich auf den Rückweg, mit einer Schar von etwa acht oder zehn kleinen Buben an Bord, für die es schon höchste Zeit war, nach Hause zu kommen. Mitten in dem auf dieser Höhe immer reißenden und gefährliche Strudel bildenden Fluss setzte mit einem Mal der Motor aus; die Zille stellte sich quer und wurde sofort mit hoher Geschwindigkeit auf eine Baggeranlage zu getrieben, die zur Förderung von Sand vom Flussgrund diente. Das Boot prallte heftig gegen die Anlage und kenterte sofort; das Dutzend junger Menschen an Bord stürzte in das eiskalte Wasser. Die meisten der Jungen konnten gerettet werden, von den beiden Freunden und zum Teil auch von den auf der nahen Insel die Sonnenwende feiernden Pfadfindern, die die verzweifelten Hilfeschreie gehört hatten. Einige der Buben hatten sich ja geistesgegenwärtig an dem Bagger festgeklammert und konnten wohl vom Ufer aus geborgen werden. In der allgemeinen Verwirrung aber war das Fehlen von Andreas, Alois und Heinz erst gar niemandem aufgefallen. Ganz unbemerkt waren sie ertrunken; erst viel später barg man ihre Leichen aus der Donau.

Die drei Jungen wären, wenn sie nur weitergelebt hätten, inzwischen schon dem Rentenalter nahe, war es mir durch den Kopf gegangen, während ich die verschwommene Photographie der Baggeranlage in der Zeitung betrachtete, mit dem unter der Betonrampe hervorsehenden Rumpf der Zille; so aber sind sie, während um sie her alles seinen weiteren Lauf nahm, die Kinder groß und die Erwachsenen alt wurden, über Jahrzehnte hinweg immer die drei zehnjährigen Buben geblieben, für die Leute wohl jedenfalls, die ihnen das ewige Licht angezündet und die frischen Blumen in die Vase auf dem Boden gestellt hatten.

Das Wochenende, an dem die drei Jungen in der Donau ertranken, war dasselbe, an dem die Landesverbandstagung der niederbayerischen und oberösterreichischen Sattler und Tapezierer stattfand, mit einer Musik- und Tanzveranstaltung am Abend, bei der das Quartett »Die Sanguiniker« aufspielte. Es war das Wochenende, an dem ein gewalttätiger Metzgergeselle bei seinem Stiefvater in dessen Gasthaus einstieg und von dem Wirt in Notwehr in die Lunge geschossen wurde, an dem zwei »Kalbinnen« auf einer Weide am Voitlberg tödlich vom Blitz getroffen wurden, an dem ein amerikanischer Soldat bei Straubing sich aus ungeklärten Gründen in der Donau zu ertränken versuchte, an dem die Hausfrau Maria Krischker von München-Riem zu einer weiten Reise nach Amerika aufbrach, um für drei Monate ihre ausgewanderte Tochter zu besuchen. Es war dasselbe Wochenende, an dem der niederbayerische Fleckviehzuchtverband unter großer Anteilnahme der Bevölkerung sein sechzigjähriges Jubiläum feierte, und an dem der Verkehrsunternehmer Alois Kirchhuber junior und die kaufmännische Angestellte Christine Güntner den Bund fürs Leben schlossen. Wir gratulieren! Auch benutzte an diesem Wochenende ein Hilfsarbeiter, der sich beim Rasieren eine Backenwunde zugezogen hatte, zum Stillen des Blutes einen Satz Rabattmarken im Wert von 3 DM, den er für Kinderspielgeld gehalten hatte, wie in der Ausgabe der »Passauer Neuen Presse« vom Montag, dem 27. Juni 1960, unter der Rubrik »Da lacht der Leser« berichtet wird.

An dem Sonntag, der auf den Tod von Andreas, Alois und Heinz folgte, ging am Nachmittag aus einem ungut aussehenden gelbgrauen Himmel mit einem Mal ein Hagelschauer auf die Gegend nieder, wie man ihn selten zuvor erlebt hatte. Die Körner erreichten einen Durchmesser von fünfundzwanzig Millimetern und mehr. Mit ohrenbetäubendem Krachen und Prasseln prallten die Schloßen auf Dächer, Straßen und Wege, drückten Dellen in parkende Autos, sprangen aufschlagend wie Gummibälle noch einmal meterhoch und rollten und kullerten dann über den Asphalt. Kugeln aus lichtgrauem Glas gleichend, umschloss ein jedes der Hagelkörner eine Schneeflocke. Als blitzende Geschosse durchschlugen sie die Baumkronen, zerfetzten die Blätter und rissen sie von den Zweigen, sodass man nach dem

Unwetter an vielen Stellen in novemberhaft kahles Geäst schaute, wo noch Minuten vorher das Laubwerk in einem undurchdringlichen Frischgrün gestanden war, während der Boden knöcheltief mit nassen zerfetzten Blättern bedeckt war, die für einige Zeit einen geradezu betörend würzigen Geruch verströmten. Mehrere Stunden nach dem Hagelwetter schimmerten die Felder und Wiesen der Umgegend, die Gärten, Uferwege und Gassen noch immer in einem fahlen geisterhaften Weiß von den Schloßen. War am frühen Nachmittag noch die schwülheiße Sommerluft reglos in einem schwachen dunstigen Glanz über dem Flusstal gestanden, so ging von all dem Eis jetzt auf einmal ein winterlich metallischer Hauch aus.

Der Haibach, der Mühlbach und all die anderen kleinen Bäche, die in der Gegend auf den Inn zulaufen, waren zu mächtigen braunen Wasserläufen angeschwollen, in denen, nicht anders als in den drei Flüssen, Blumen, Blätter, Gräser, ganze Sträucher und selbst große Äste trieben. Als die Schloßen gegen Abend dann endlich zusammengeschmolzen waren zu breiten Pfützen, die den jetzt wieder ungetrübten Himmel spiegelten, sah das Gras in den Gärten, in den Anlagen und an den Hängen über Inn, Donau und Ilz so aus, als habe man es »mit einer stumpfen Sense abgemäht«, und an vielen Stellen in Passau war nur noch das braune breiige Erdreich zu sehen, wo vorher noch dichte Blumenwiesen gestanden hatten. Noch lange nicht geboren, sehe ich mich an diesem traurigen Sonntag doch langsam wie im Schlafwandel an triefenden Gebüschen entlangwandern, in denen es in der Abendsonne funkelt und sprüht. Über mir singt eine Amsel, ich entdecke den Vogel, der sich wie ein Schattenriss vor einem porzellanfarbenen Himmel abzeichnet, ganz oben auf einem zerrupften Fliederzweig. Und überdeutlich sehe ich auch, wie der Schnabel der Amsel auf und zu geht.

Mit einer Wendung des Kopfes ist es wieder lichter Tag, ich bin schon ein Stück weitergegangen, und der hier in die Donau übergehende Inn, auf den ich vom Rosenauer Weg hinausschaue, erinnert mich, wenn er auch viel ruhiger, ja in einer beinahe kometenhaften Lautlosigkeit dahinschießt, an die unbändigen, heutigentags noch ganze Landstriche umgestaltenden Gletscherflüsse, wie ich sie im Süden Islands gesehen habe. Beim Inn kurz vor seiner Mündung in die Donau aber erscheint die Wildnis, die alles brechende Urgewalt, gleichsam unter die Oberfläche gezwungen. Unwillkürlich stelle ich mir in seinem Inneren das Walten alles zermalmender Kräfte vor, in denen noch nicht einmal ein Fisch bestehen könnte, und von denen die kräuselnden und funkelnden Strudel auf dem Wasserspiegel nur ferne, vermittelte Anzeichen darstellten, vergleichbar vielleicht dem Erzittern der Glasscheiben, wenn sich weit weg eine Explosion ereignet.

Bei Hochwasser sieht man von der Marienbrücke hinunter auf hohe, schmutzig schäumende Wellen, die sich aus verschiedenen Richtungen in tiefe kreiselnde Wasserkrater hinein ergießen, dazwischen Strudel, die wie zu einem Kreis gezwungene Wellen aussehen: Man gerät in einen Schwindel, wenn man länger da hineinschaut. Als sei man am Meer, brechen sich die Wogen des Flusses, der eine lehmbraune Farbe angenommen hat, an den südlichen Hausmauern der Altstadt; an den langen Uferweg mit seinen Ruhebänken erinnert nichts mehr. Die Zweige des Ufergebüschs an der Innstadtseite werden auf dem Wasser hin und her gespült.

Im Laufe von Jahrtausenden wurde das weichere Gestein am Grund des Flusses, wie Feldspat oder Glimmer, von den Wassermassen in einer menschliche Vorstellung übersteigenden Unermüdlichkeit ausgewaschen, während das Urmassiv Äonen hindurch dem Wasser widerstand. Es ist der so entstandene zerfurchte, von Kratern und Aufwerfungen übersäte granitene Flussgrund – als »Kachlet« werden solche stachligen Flussbetten, wie sie stellenweise auch in Ilz und Donau zu finden sind, in der Gegend genannt –, durch den der Inn, selbst wenn im Spätsommer sein Spiegel tief gesunken ist, am ruhigen Dahinströmen gehindert wird und eine untergründige, bedrohliche und dem Menschen stets gefährliche Unruhe empfängt.

Schließe ich die Augen, dann stellt sich die Innlandschaft ein in jener Gleichzeitigkeit der Einzelheiten, die aus den spätmittelalterlichen Altarbildern gelassene Erzählungen von der Welt macht: Da sind der Schotter, der Sand und der Fels am Innufer, deren bleichgewaschene Grautöne zum urzeitlichen Gletschergrün des Wassers stimmen; die in der Flussbrise rieselnden Weidenbüsche, die kleinen gedankenlos vor sich hin sirrenden Birken, deren weiße Stämme in der Nachmittagssonne wie glasiert wirken. Da ist der von großblättrigem Gesträuch, von schwankendem Schilfgras und farnartigen Gewächsen auf den letzten Metern vor seiner Mündung in den Inn vollkommen überwucherte Mühlbach, über dem in der Abenddämmerung die Luft oft erfüllt ist von dem unwirklichen schreckhaften Schwirren der Fledermäuse. Da sind die gelben Vorjahresblätter auf dem Waldboden, von denen auf einmal eines aufsteigt und zum Zitronenfalter wird, der zwischen den grauen Buchenstämmen verschwindet. Da sind die Beter auf der Mariahilfstiege, und die wegen des ansteigenden Geländes steilen und manchmal von Treppen unterbrochenen schmalen Quergassen, die im Schatten unförmiger Mittelaltergemäuer liegen, die Mischwaldflecken am Hang, mit dem hellen Grün der Buchen und dem finsteren der Fichten und Tannen, oben im Gehölz des Lindentals die Gartenflüchtlinge, deren große, seltsam geformte Blätter und träumerisch fremdartige Früchte aus dem Dämmer des Unterholzes hervorschimmern. Da sind die alten roten Kaugummiautomaten, der Brauereigeruch im Winternebel, der bläuliche Schimmer über dem Kopfsteinpflaster, die Schaukeln in den Gärten, die von fern betrachtet fast senkrecht abfallenden Wiesenhänge, hier und da eine einzelne Tanne, die sich finster vor einer weißen Wolke abhebt, das zitternde Licht-und-Schatten-Muster auf einem durch ein Buchengehölz führenden Weg, die im Unkraut halb versunkenen Ruhebänke an der Befestigungsmauer, vor manchen Häusern die Gartenzwerge, deren Grinsen beim längeren Hinschauen zur Hassgrimasse gegenüber dem vorbeigehenden Fremden wird, dann sind die auch weit entfernt von Gärten wachsenden Apfelbäume, von niemandem je abgeerntet, sich in unbegreiflicher Bedächtigkeit ihrer Früchte entledigend, die bis in den November hinein einen süßlichen Moderduft verströmen und sogar so spät im Jahr noch graue wütende Wespen anlocken, da sind die Tauben im Wallfahrtshof, die fast immer menschenleeren Bushaltestellen, der Sportplatz, der zugewachsene Schienenstrang, die Ausfallstraße, das Licht, das an einem Novembernachmittag aus dem »nah und gut«-Markt auf den nassen Bürgersteig fällt, das Kindergeschrei aus dem Schulhof der Innstadtschule, die Autoströme in den

Gassen, die düster-dezenten Bestattungsinstitute in der Schmiedgasse und sonst wo, die die Südhänge hinunterrauschenden, unter den Straßen kurzzeitig verschwindenden und manchmal im Dickicht stockenden Bäche, dunkel und kalt, und hier und da drängt der felsige Untergrund der Tallandschaft ans Tageslicht, eisengrau oder in stumpfe Brauntöne hinüberspielend. Da ist das gegen einen Treppenabsatz aus Beton gewehte, im Lauf der Wintermonate braunschwarz und breiig gewordene Vorjahreslaub, von dem man aufblickt zu einem im Gegenlicht liegenden Hügelkamm über altersschiefen Ziegeldächern. Die noch kahlen Bäume mit dem akribisch ins Fahlblau eingravierten Astwerk, die den Kamm säumen, haben etwas Seiltänzerisches an sich.

Und dann taucht jedes Mal in meinem Kopf diese Frau auf, die in einem schicken Kinderwagen mit den rundlichen Formen der sechziger Jahre einen winzigen Körper, der meinen Namen trägt, durch diese beinahe undurchdringliche Vorstadthügellandschaft schiebt, ohne dass vier Jahrzehnte später angegeben werden könnte, ob die Formen und Farben, die Geräusche und Gerüche dieser Welt sich schon auf irgendeine Weise in halbblinden Einzelmomenten, als verwackelte Traumbilder in dem Wesen haben ablagern und dieses in irgendeiner Weise haben vorausbestimmen können.

In das Innere dieses Wesens dringt wenig später der gellende, tief in den Körper einschneidende Pfiff eines Zuges an einem grauroten Sommerabend und bleibt dort archiviert, vermutlich bis zum endgültigen Verschwinden des Wesens. Auf gefährlich gleißenden Schienen kommt der Pfiff herangebraust, und gleichzeitig regen sich die Zweige der Büsche am Bahndamm vor dem Haus, als pirschten sich schwarze Männer in ihnen vorsichtig an mich heran. Mit einem feuerroten Kreischen wird die Wirklichkeit, in der doch alles gerade noch wie für immer leicht und sicher zusammengefügt war, in zwei Hälften auseinander gesägt, und ich sitze in dem Riss, von nichts gewärmt in diesem heillosen Moment als von der Pisse an den Innenseiten meiner Hose, und die wird schneller kalt als die Mutter herbeieilen kann, um mich herauszuheben aus dieser aus lauter Entsetzen gemachten Welt.

Ein anderes Bild aus dieser sprachlosen Vorzeit zeigt gar nichts als ein Wasser, auf dem Sonnenfunken sprühen, das kalt und tief sein muss und einen anatmet, das pfeilschnell dahinschießt und doch nie aus ist und immer auf der Stelle bleibt. Gletschergrün ist das Wasser nach einem mir erst sehr viel später geläufig gewordenen Wort, und diese kalte und harte Farbe sticht ab von dem blättrig dunkelgrünen Waldmeistergeschmack, der mich erfüllt, während ich auf den Fluss schaue, der Himmel blau ist und jemand hoch über mir den Betrachter ungeduldig weiterzieht an einem unvorstellbar langsam nur vergehenden Sommernachmittag.

Einmal kniete ich auf einem Stuhl vor dem Haibacher Küchenfenster und schaute zu, wie über den reglosen Baumkronen der Lufteneggerinsel lichtgraue Wolken mit gelben Rändern aufzogen. Mein Vater hinter mir bemerkte: »Es kommt ein Wetter.« Gerade erst hatte ich Wetter zu nennen gelernt, was einen draußen umgab: den glitzernden Regenschleier, den Nebel, der alles wegradierte wie ein mit seinem Werk unzufriedener Zeichner, das Wolkenlicht, in das die Bäume, Häuser und Autos mit trauriger Deutlichkeit hineingestellt waren, dass kein Umdenken möglich war. Jetzt sollte das Wetter auf einmal mit den lautlos am Himmel schwebenden Dingen eins sein, für die ich mir den Namen Wolke gemerkt hatte. Als ich nun die Wolken Wetter zu nennen begann, schüttelten die Erwachsenen ernst die Köpfe. Sie herrschten über den undurchdringlichen Zusammenhang zwischen Dingen und Namen, willkürlich und unüberlegt, aber mit einer gelassenen Sicherheit, die mich oft in Zornestränen ausbrechen ließ. Manchmal ließ ich mir auch in den Momenten, in denen meine Wörter als ungültig zu mir zurückkehrten, freien Lauf und lauschte voller Genugtuung, wie es aus meinem Hosenbein auf das Linoleum des Küchenfußbodens tropfte.

Die Donau wurde in der Sprache der Erwachsenen, die ebenso schwankend und veränderlich war wie sie selbst, als blau und der Inn als grün festgelegt, gerade so als ob die Flussfarben sich nicht an jedem Tag mehrere Male veränderten und oft genug schier ununterscheidbar waren. Die Großen schauten überhaupt nirgendwo hin; sie wussten immer alles vorher schon.

Das Dastehen am Fenster in frühen Morgenstunden, noch mit dem Kakaogeschmack vom Frühstück im Mund, ein langer schweigender Augenblick wie die frühesten Filmaufnahmen, war jedes Mal, kommt mir vor, mit dem Warten auf Schiffe verbunden. Es konnte geschehen, dass sie plötzlich ein tiefes, volltönendes Tuten in die Stille hineinstießen, das dann noch lange in den Büschen und Bäumen draußen bebte und rieselte; aber ihre Bewegungen den Fluss hinauf und hinunter waren so lautlos und glatt, als schwebten sie in Wahrheit über dem Wasser dahin. Schwarze Kähne und weiße Schiffe gab es. Die schwarzen Kähne kamen von weit her vom Schwarzen Meer, hatte mir irgendjemand erklärt.

Über die Marienbrücke, die die Altstadthalbinsel mit der Innstadt verbindet, und dann die Schmiedgasse hinein in östliche Richtung wälzt sich von früh bis spät der Autoverkehr. So unermüdlich bewegt sich diese trostlos tosende Prozession von buntem Blech zwischen den ernst auf sie herabblickenden ehrwürdigen Häuserzeilen, dass man glauben möchte, eine Schar Verwunschener müsse da bis ans Ende aller Tage im Kreis herumfahren.

Auf der Lederergasse, die parallel zum Fluss und zur alten Stadtmauer, aber in Windungen, von der Severinskirche bis zur Kirche St. Gertraud neben der Marienbrücke hinaufführt und die viele Jahrhunderte lang die Hauptader des »Dorfs enthalb Inn« bildete, ist der Verkehr viel schütterer, aber der Widerhall der einzelnen durch die gepflasterte Gasse brausenden Autos umso störender. Weist der Bürgersteig dort schon gewöhnlich eine Breite von kaum zwei Schritten auf, so wird er noch ständig weiter verengt von den seltsamen rundlichen Ausbuchtungen und den offenbar zwecklosen Mauervorsprüngen, die das hohe Alter vor allem der Häuser gegen das Severinsende der Lederergasse anzeigen. Biegt man weiter oben von der Jahnstraße in das winzige Fuchsengassl ein, hat man vollends das Gefühl, die Natur sei dabei, sich die Bauten der Menschen von innen einzuverleiben, die geraden Linien zu krümmen, die rechten Winkel einzuschmelzen und die Zimmer in Höhlen zu verwandeln, so sehr runden und blähen und bauchen sich dort die Mauern.

Manche der warmfarbig gestrichenen Häuser in der Lederergasse bestehen nur aus einem einzigen niedrigen Geschoss, mit noch einem Fensterchen oben im Giebel. Unvermittelt kann über einem solchen Spielzeugdach eine der grünen Zwiebelhauben des Domes aufgehen.

Hier in der Nähe des großen Friedhofs, wo es rasch ruhiger wird, sodass man das Kratzen hört, wenn der Wind ein paar vertrocknete Herbstblätter über den Asphalt weht, das wie unterirdische Gemurmel und Gegluckse des Beiderwiesbachs, oder auch das leise, herzschlagartige Klopfen, mit dem ein Apfel vom Baum ins Gras fällt, ist auch die Zahl der Fußgänger und Radfahrer nur mehr gering. Die meisten Gaststätten der Umgegend – aus den alten Wirtshäusern sind längst Clubs und Studentenkneipen geworden – öffnen erst am frühen Abend, und es gibt hier nirgendwo Geschäfte, die Flaneure anlocken würden: Eine fast ländliche Leere und Stille liegt Tag und Nacht, wenigstens abseits des Verkehrsstroms, über den südlichen Stadtteil von Passau ausgebreitet, von der Voglau bis nach Haibach und zu dem Grenzübergang Achleiten hinauf. Sie macht, wie es einem vorkommen will, auch vor dem Inneren der Häuser nicht Halt, wo die tagsüber Daheimsitzenden, alte Menschen wohl zumeist, in meiner Vorstellung über den Küchentisch gebeugt sitzen, unter einer tickenden Wanduhr, und lautlose, nicht am Gang der Welt rührende Dinge tun, Briefmarken mit der Pinzette in lederne Alben einfügen, auf den gegen das Fensterbrett klopfenden Herbstregen lauschen, oder die Gesichter auf alten Schwarzweißphotographien erinnern.

Auch das ferne Lärmen vom Hof der Innstadtschule, wenn es dort etwa gerade zur Pause geläutet hat, berührt diese Stille nicht. Es bleibt unbestimmt wie etwas nur beiläufig Erinnertes. Kindergeschrei aus dem weiten hellen Raum einer Mittagslandschaft scheint immer auch aus einer fernen Zeit zu kommen, als gelte für diese Laute, dass sie sich in ungeheurer Langsamkeit ausbreiten, sodass ein Mann in mittleren Jahren, der eine Straße weiter im Garten sitzt und in der Vormittagssonne vor sich hin döst, plötzlich meinen kann, in dem Kindergeschrei Rufe zu unterscheiden, die er selber vor ein paar Jahrzehnten ausgestoßen hat.

Vertieft, zu einem dauerhaften Zustand geprägt, vielleicht auch erst hervorgebracht wird die Innstädter Stille von den spätgotischen Lindenholzfiguren, die in den einfachen geweißten Räumen der Kirchen St. Severin und St. Gertraud stehen. Die Figuren sind begrenzt von ihren glänzenden bemalten Oberflächen und strahlen doch machtvoll aus auf die Flusslandschaft und die oft minutenlang ganz leeren Gassen am Südufer des Inns.

Die mit ihren kunstledernen Einkaufstaschen Richtung Friedhof spazierenden Rentnerinnen, die eben einmal mit dem Hund vors Haus Gegangenen in ihren Badelatschen und den Trainingsanzügen aus Ballonseide, die rundliche türkische Frau mit dem

Kopftuch, die zu ihrer Vorlesung radelnden Studentinnen, am Abend dann die Jogger: All diese meist nur im Augenwinkel wahrgenommenen Innstadtbewohner werden im Zurückdenken umso flüchtiger und gestaltloser, wenn mir die alten hölzernen Skulpturen in den beiden Kirchen in den Sinn kommen. Mögen es auch nur hilflos fromme Gebilde sein, vor mehr als einem halben Jahrtausend von einem namenlosen Künstler aus einem Stück Lindenholz hervorgearbeitet, sie werden einem im Lauf der Zeit doch zu alten Bekannten, die man stets zu Haus antrifft, zu Stadtbewohnern, deren hervorstechende Merkmale ihr Ernst und ihre Stetigkeit sind, ihre dem Anschein nach unbeirrbare, vom Lauf der Welt und vom Wandel der Dinge vollständig unbeeindruckte Vorfindlichkeit.

Doch haben sich manche dieser Gestalten auch kurz einmal auf den Straßen unter die Alltagspassanten gemischt, der heilige Mönch Severin zum Beispiel, der von der nach ihm benannten und einstmals wohl auch von ihm begründeten Kirche neben dem Innsteg in die ein paar hundert Meter östlich gelegene Innstadtkirche St. Gertraud gewandert ist. Dort hebt er sich heute von einer weiß getünchten Wand ab in seinem kittelartigen Gewand, das von einem einfachen Gürtel zusammengehalten wird, und über das ein freilich goldgefasster Mantel geworfen ist. In der Linken hält er den Bischofsstab, in der rechten flachen Hand balanciert er hochkant die

Bibel, ein kleines braunes Buch mit Goldschnitt, verschlossen mit rötlichen Schnallen. Severins Gesicht ist von lockigen braunen Haaren und einem ebensolchen kurzen Vollbart umrahmt. Auf dem Kopf trägt er eine Pilgerkappe. Die großen hellbraunen Augen blicken einen offen und mit ruhiger Nachdenklichkeit an. Beinahe weiblich wirken die vollen kirschroten Lippen, die der Heilige ernst geschlossen hat.

Das Bildnis ist um 1470, fast genau tausend Jahre nach dem Tod des Severin von Noricum geschaffen worden, doch möchte man sich den Soldaten Gottes, wie er in seiner Lebensgeschichte auch einmal genannt wird, als eine Erscheinung von solcher milden Eindringlichkeit vorstellen, wie sie einem in der Kirche St. Gertraud entgegenblickt. Die gleiche sanftmütige Unerschrockenheit, die Severin der von seinem Schüler Eugippius verfassten Vita zufolge in seinem Handeln geleitet hat, scheint auch aus seinen aus Holz geschnitzten Zügen hervorzuleuchten. Nur den goldenen Mantel würde man sich besser wegdenken, denn ohne jede Pracht und selbst im eisigen Winterwetter barfuß soll Severin, der doch wohl aus dem südlichen Italien stammte und in der Wüste Ägyptens durch die Eremiten zur Frömmigkeit gebracht wurde, durchs Leben gegangen sein. Sein Lager war eine raue Haardecke auf dem Estrich des Betraums. Allein die Unbedecktheit und Bedürftigkeit der Armen machten ihn frieren.

In Kuchl nördlich von Salzburg soll der heilige Severin einmal auf wundersame Weise die heimlich Ungläubigen entlarvt haben. Alle Leute des Dorfes sollten an der Wand der Kirche eine Kerze aus ihrem Haus befestigen. Als Severin und die anderen Gottesmänner nun den Herrn weinend auf Knien um Erleuchtung anflehten, entzündeten sich die Lichter der Gläubigen von selbst wie von Geisterhand, während die Kerzen der von gotteslästerlichem Irrtum Umgarnten ohne Flamme blieben.

Severin rührte die Zungen der Stummen und brachte sie dazu, mit lauter und wohltönender Stimme den Herrn zu preisen, er heilte Aussätzige durchs bloße Gebet, und er machte, beinahe selbstverständliche Übung eines Heiligen, dass Blinde die Welt wieder sehen konnten. Nur seinem Mönch Bonosus soll Severin diese Wunderwirkung versagt haben: »Es bringt dir keinen Nutzen, mein Sohn, in den Augen des Körpers scharfe Sehkraft zu besitzen und durch sie einen scharfen Blick nach außen zu haben. Bete lieber, dass sich dein inneres Schauen belebe!« Vor seinem eigenen inneren Auge sah Severin, wie die Passauer Soldaten, die sich nach Italien aufgemacht hatten, ihren Sold zu holen, eines Tages als blutige Leichen den Inn hinab trieben.

Als Severin, dessen Gebeine die von dem Germanenkönig Odoaker über die Alpen getriebenen Romanen mitgeführt haben sollen, um das Jahr 488 unweit von Neapel beigesetzt wurde, erlebten viele der dem Trauerzug Folgenden die Heilung ihrer Gebrechen, unter ihnen auch ein Marinus, Vorsänger in der heiligen Kirche von Neapel, der nur sein Haupt einen Augenblick lang gegen den Wagen mit dem Sarg legen musste, um sogleich und für immer von den beständig ihn quälenden Kopfschmerzen befreit zu sein.

Auch die auf der linken Seite des Chors sich abzeichnende Madonna mit dem Jesuskind, die auf einer Mondsichel steht, hat früher einmal drüben in der Severinskirche gestanden. Steif wie eine leblose Holzpuppe wirkt das rundgesichtige Kind, das von der Himmelskönigin mehr vorgezeigt als auf dem Arm gehalten wird. Marias blassrotes und blaues, mit goldenen Borten verziertes Gewand fällt in stellenweise zerknitterten Falten herab in einer feinen glanzvollen Stofflichkeit, von der man nicht begreifen kann, wie sie einem widerständigen Stück Holz abgewonnen werden konnte. Ihr Gesicht ist das einer schönen Madonna, wie sie um die Mitte des fünfzehnten Jahrhunderts kaum mehr geschnitzt wurden, herausgehoben aus allen Wirklichkeitsgesichtern. Nicht die geringste Ähnlichkeit weist sie auf mit der bäurischen abgearbeiteten Maria, die in St. Severin seit einem halben Jahrtausend im Sterben liegt. Besonders von der Seite betrachtet zeigt sich die Weltferne der Innstadtmaria, an der hohen gerundeten Stirn unter der

Himmelskrone, der ebenmäßigen Nase, dem abwesenden Blick unter den halb geschlossenen Lidern.

Nach der Auffassung des Mittelalters ist die geschnitzte Gestalt in all ihren Einzelheiten, dem sanft geschwungenen Leib, der von dem Faltengewand überrieselt wird, dem verklärten Ausdruck ihres Gesichtes, der Mondsichel zu ihren Füßen, in die das Profil eines Mannes geschnitzt ist, von jeher in dem Stück Holz versenkt gewesen, nur für den Künstler erkennbar, der das Bildnis aus seiner stofflichen Umhüllung befreit und es in die Welt der sichtbaren Dinge gehoben hat.

Das starre Kind, will einem scheinen, ist ahnungsweise schon der Gekreuzigte, wie ja etwa auch schon ein paar Jahre zuvor auf der Verkündigungstafel des Mérode-Tryptichons das Jesuskind als Däumling bereits ein Kreuz vor sich hertragend in Marias Stube hereingeflogen kommt, durch die Scheibe des geschlossenen Fensters hindurch, um die Unbeflecktheit der Empfängnis Mariens anzuzeigen, oder wie noch früher, im 14. Jahrhundert, auf Meister Bertrams Grabower Altar, auf dem der im Gefolge des Heiligen Geistes daherschwebende nackte Christusknirps sein Kreuz sogar schon auf der Schulter tragen muss.

So ist die liebevolle Mutter mit dem Kind bereits im Lichte des qualvollen Todes gesehen, der dem Kind einmal bereitet werden wird, und die Gedanken wenden sich unwillkürlich zu der Beweinung

Christi drüben in der Severinskirche, wo die drei leidvollen Gesichter der Maria, des verstorbenen Jesus und des Johannes ganz nahe zusammenkommen in ihrer inständigen Traurigkeit, die dann, so kommt es einem jedenfalls nach langem Hinschauen vor, ausstrahlt auf den gesamten schlicht mit Kalkfarbe getünchten Kirchenraum, und auch auf den bis an die Uferböschung reichenden Friedhof hinaus, der die Kirche umgibt, mit den dicht an dicht stehenden Grabsteinen, zwischen denen hier eine rabenschwarze Tanne, dort eine kleine Birke mit gelbverfärbtem Laubwerk steht.

Zu den Plätzen in Passau, an die ich wie von selbst immer wieder geraten bin, gehört eine im Gras stehende Bank oben auf dem Mariahilfberg, gleich unter den weiß getünchten Mauern des Kapuzinerklosters. Meistens war ich, gleich nachdem ich meinen Krankenhausbesuch beendet hatte, auf dem kürzesten Wege hier heraufgegangen und hatte mir dann auf der Bank sitzend die Wege für den bevorstehenden Tag überlegt.

Dicht vor einem fällt, stellenweise recht steil, der Nordhang des Berges ab, der bewachsen ist mit den hier überall ungehindert gedeihenden hohen Gräsern und mit Blumen und Kräutern und Buschwerk. Rechterhand sind terrassenartige Abstufungen in den Hang eingelassen, kaum mehr als Menschenwerk erkennbar: Es sind dies die fast völlig verwehten Spuren des »Fort Napoleon«, das der französische Kaiser als Teil einer das ganze Tal umspannenden Wehranlage nach der Eroberung Bayerns durch seinen Fortifikations-Ingenieur Dominique-André Chambarlhiac hatte beginnen lassen. Auch die Wallfahrtskirche sollte dem kriegerischen Bauwerk weichen. Im Oktober 1809, noch bevor der Plan, eine »Forteresse de Passau« zu errichten, nach einem verheerenden Brand vollends aufgegeben wurde, soll Napoleon Bonaparte, wie ich in einem patriotisch gefärbten alten Geschichtsbuch gelesen habe, selbst auf seinen kurzen Beinen den Mariahilfberg hinaufgestiegen sein und mit den Kapuzinerbrüdern geredet haben, und nur eine Viertelstunde soll es gedauert haben, bis »der Korse«, wie er in solchen Büchern so gern genannt wird, seinen Sinn geändert hatte und alle Arbeiten einstellen ließ, sodass sich die katholische Entrücktheit dieses Platzes bis auf den heutigen Tag erhalten konnte.

Unten am Fuß des Hangs drängen sich die Dächer der Innstadt (dieser Teil Passaus einmal vom Ziegelschlot einer Brauerei und nicht von Kirchtürmen beherrscht), über die hinweg man auf den eisgrünen Innstrom schaut, mit den verfließenden Spiegelbildern der mächtigen Häuser über dem anderen Ufer. Am deutlichsten tritt gegen die Ortsspitze zu das weiße geradlinige Gebäude des Waisenhauses hervor, das der Schiffsmeister und Bierwirt Lukas Kern in der Mitte des achtzehnten Jahrhunderts gestiftet hat, denn ihm war, wie man in seinem Testament nachlesen kann, »zu Herzen gezogen das Winslen und Weinen viler armmen verwaisten Kinder, welche, da theils aus Abgang der Nahrung, theils aus Mangel guetter Zucht den laidigen Pettlstab mit ihnen aufwachsen sehen, mithin gar offt den schnugeraden Weeg des Verderbens lauffen und andurch die bluettriefenden Wunden Unseres Erlösers aufrizen«.

Davor sieht man auf der Promenade die wie Spielzeug so winzigen Menschen, die sich zu Fuß oder auf dem Fahrrad entlang dem Rand dieses mit Wasser gefüllten Risses in der Landschaft bewegen. Eine graubraune Mauer, die noch aus der Frühzeit der Stadt stammt, und an der hier und da ein Rettungsring oder eine Stange mit einem Haken daran zum Herausziehen ins Wasser Gefallener angebracht ist, zieht sich eine Strecke an dem Uferweg dahin, als sei sie nur dazu da, die dahinter emporwachsende Altstadt zusammenzuhalten.

Von hier oben aus betrachtet wirkt die von Donau und Inn gebildete Landzunge, auf der sich das dem Blick undurchdringliche Steingefüge der Altstadt erhebt, viel schmaler als sie in Wirklichkeit ist. Gleich hinter den beiden altrosa und weiß getünchten, in ungewöhnlich flachen Kupferspitzdächern endenden

Türmen der Stadtkirche St. Paul, so möchte man meinen, steigt die bewaldete Klippe mit der Festung darauf in die Höhe, die doch in Wahrheit das nördliche Ufer der Donau bildet.

Nichts deutet vom Mariahilfberg aus darauf hin, dass sich zwischen diese Felswand und die darunter sich aneinanderdrängenden Mauern, Türme und Fassaden noch einer der Hauptströme Europas schiebt. Während heutzutage gar nicht mehr so viele Schiffe auf der Donau fahren, herrscht auf der Schnellstraße, die dicht an ihrem Nordufer entlangführt, vom frühen Morgen bis spät in die Nacht dichter Verkehr.

Ganz anders als der immer wieder zwischen ganz eng beieinander stehenden Hausmauern aufleuchtende Inn wird die einbetonierte, aber damit doch nur scheinbar gezähmte Donau eigenartig fern und wesenlos, sobald sie einem erst einmal im Labyrinth der Gassen zwischen dem Domberg und dem Kloster Niedernburg aus dem Blick gekommen ist. So erscheint die Donau als der bloße Zufluss des Inns, der sie tatsächlich auch ist, wenn es die Stärke der Strömung, die Farbe und den mineralischen Gehalt des Wassers gilt, das da entlang den Klippen, die den Südrand des Bayerwaldes ausmachen, in südöstlicher Richtung dem Schwarzen Meer entgegenströmt.

Steigt man an einem gewöhnlichen Werktag auf den Mariahilfberg herauf, vielleicht noch zu einer Jahreszeit, in der kein Fremdenverkehr herrscht, kann wie in den Innstadtgassen eine gewisse Unsicherheit in einem aufkommen, ob man nicht unvermerkt aus seinem heimatlichen Jahrhundert herausgeraten ist, oder ob diese Ordnung der Jahre, Jahrzehnte und Jahrhunderte nicht vielleicht überhaupt weniger fest gefügt ist und wir weniger sicher in ihr aufbewahrt sind, als wir glauben.

Zwar ist an den Radständer neben der Kapelle möglicherweise ein Mountainbike gekettet, und an einem Nebengebäude, in dem vielleicht ein Hausmeister wohnt, ist eine Satellitenschüssel angebracht, aber die Sonnenuhr an der Südfassade des Klostergebäudes misst davon vollkommen unberührt die Zeit mit Hilfe des Sonnenlichts, wie sie das an sämtlichen sonnigen Tagen der vergangenen Jahrhunderte getan hat. Zwar zieht von der Stadt beständig wie ein Dunst das Rauschen des Autoverkehrs herauf, aus dem hier und da ein Hupen oder ein Martinshorn ausbricht, aber dieses ferne Rumoren rührt kaum an der Stille hier oben; eher scheint es dazu zu dienen, diese zu vertiefen und den Abstand zwischen der Stadt und dem Berg fühlbar zu machen. Unten die Stadt, denkt man, die niemals heraus kann aus ihrem Kokon aus Alltagsgeräuschen.

Etwas Ähnliches ging mir durch den Kopf, als ich an einem Tag Ende Februar einmal hier heraufkam.

Über die eben noch im wochenlangen Dauerfrost tief verschneite Gegend waren mit einem Mal schon fast frühsommerliche Tage mit schwülwarmer Luft gekommen, die Bürgersteige waren nass und mit kleinen spitzigen Steinen übersät, doch zwischen den gekalkten Mauern der überdachten Wallfahrtsstiege war es noch so eisig, dass beim Ausatmen kleine Dunstwolken entstanden. Auf halber Höhe der Stiege kniete wie erstarrt eine dunkel gekleidete alte Frau, eine rotweiße Woolworth-Tüte neben sich. Die Nischen der Fensterchen, durch die man auf den mit Schneeresten gesprenkelten Hang und auf die Stadt und auf die bewaldeten Hügel im Südosten hinuntersah, waren dicht mit Wachslichtern, kleinen Muttergottesfiguren und anderen Devotionalien bestanden. Ein scheinbar elfenbeinernes, aber in Wahrheit wohl doch aus Plastik gemachtes handgroßes Jesuskind etwa lag da auf einem sorgfältig ausgebreiteten Batisttuch, daneben ein Teller mit einer grellbunten Mariengestalt und der Aufschrift »Fatima, Portugal«, und dahinter in einem Rahmen ein Kärtchen mit der Aufschrift: »Danke Maria für das bestandene Staatsexamen.«

Nachdem ich die dreihunderteinundzwanzig Stufen der Stiege hinter mir gelassen hatte, trat ich auf den noch verschneiten Wallfahrtshof hinaus, der von still in der Februarsonne leuchtenden weißen und ockergelben Gebäuden umgeben war. Hier und da zeichnete sich eine kleine schwarze Tanne ab. Gleich links befindet sich der Eingang zu der Kapelle mit dem Heiligtum, einer aus dem frühen siebzehnten Jahrhundert stammenden Kopie eines von Lucas Cranach gemalten Muttergottesbildnisses, eingelassen in einen großen, mit barockem Zierrat überwucherten Altar. Vergoldete Engel umgeben das Bild; einer von ihnen kommt, nur von einem blauen Band gehalten, von der Decke herabgeschwebt. An den Seiten stehen in Lebensgröße die beiden Pestheiligen, der Sebastian mit seinem von Pfeilen durchbohrten nackten Körper und der Rochus in seiner Pilgertracht, und erinnern daran, dass Maria die Menschen gerade auch vor der Seuche in Schutz nehmen sollte.

Die Anfänge dieses Heiligtums gehen ins frühe 17. Jahrhundert zurück, als der Domdekan Freiherr Marquard von Schwendi, wenn er abends von seinem Garten östlich der Innstadt heimritt, des Öfteren auf dem Schulerberg unerklärliche Lichter sah, die dort oben »processionaliter herumgiengen«, wie es in einem alten Andachtsbuch heißt. Auch war von dem Berg an den Samstagabenden eine Musik zu hören, die dem Freiherrn ganz engelhaft vorkam. Leute aus der Innstadt versicherten ihm, sie hätten die Muttergottes unten am Innufer selbst gesehen, wie sie von einem göttlichen Schimmer umgeben und in Begleitung einer Schar seliger Jungfrauen gerade in ein Boot stieg. Marquard von Schwendi ließ nun auf dem Schulerberg zunächst eine schlichte hölzerne Kapelle mit einem Marienbildnis errichten, vor dem ihm bald selber aufs tröstlichste die Maria mit dem Jesuskind im Arm erschien.

Die Wallfahrtskirche mit dem kleinen Kapuzinerkloster, die Schwendi nach seinem mystischen Erlebnis 1624 auf dem Berg hoch über dem Innstrom bauen ließ, wurde in den Zeiten der Pestilenz, der Missernten und der Wirren des Dreißigjährigen Krieges rasch zu einem Ort von besonderer Heiligkeit, an dem die Grenze zum Jenseits einmal durchlässig wurde und die heilvolle Muttergottes ganz nahe war. Hunderte von Kilometern, bis aus Mähren und selbst vom Oberrhein kamen die Menschen herbeigepilgert, um von Maria getröstet und geheilt zu werden; und noch im 18. Jahrhundert soll es vorgekommen sein, dass an die hunderttausend Menschen in einem Jahr sich die Wallfahrtsstiege hinaufgebetet haben. Wie es in manchen Berichten heißt, hatten einige der Pilger dabei sogar ein mächtiges Kreuz geschultert.

In einem Seitenraum der Wallfahrtskirche hängen dicht an dicht an den Wänden Ex-Voto-Tafeln, auf die oft nur ungelenk Maria mit dem Kind aufgemalt ist, manchmal noch ein Dankspruch, in verquerem Deutsch und ein, zwei Mal mit einem spiegelverkehrten N, während andere Tafeln deutlichere Geschichten von Unglück und wundersamer

Hilfe erzählen. Zwei oder drei der ältesten Votivbilder zeigen eine Pilgerschar, die gerade auf dem Inn oder der Donau Schiffbruch erlitten hat, wie dies am 8. Oktober 1850 bei St. Leonhard vorgefallen ist. Verzweifelt und hilflos treiben die Wallfahrer in den grünen Wellen oder klammern sich an den Planken der zerschellten Fähre fest, um nicht unterzugehen, während sich über ihnen der Himmel schon geöffnet und die Muttergottes mit dem Erlöser auf dem Arm sichtbar gemacht hat, von der zum Zeichen der nahenden Errettung goldene Strahlen, den Unglücklichen noch unsichtbar, auf den Elendsort herabfallen.

Meist aber dreht es sich um Krankheiten, Verstümmelungen, Kindbettfieber und ähnliche Bedrückungen, die Maria von den auf den Schulerberg heraufgekommenen Gläubigen fortgenommen hat. Einem Mann ist das Gewehr beim Schießen in die Luft geflogen und er hat dabei sein Augenlicht verloren, einem anderen, der sich eine fein gemalte Darstellung seines Unglücks leisten konnte, wurde das Bein zerdrückt, als es unter ein Rad seines eigenen Fuhrwerks geriet. Auf einem kleinen Ölbildchen aus dem vorvergangenen Jahrhundert sieht man einen Mann, der wie vor einem Fetisch mit gefalteten Händen vor einem überlebensgroßen Fuß kniet. Der Schauplatz ist eine Wiese; neben dem so eigenartig, fast beklemmend verselbständigten Fuß steht noch eine gefleckte Kuh und schaut gleichgültig vor sich hin, während am Himmel wiederum die Muttergottes über der unwirklichen Veranstaltung thront. Unter dem Bild stehen die Worte »Durch die Fürbitt Maria ist mein schwer verunglückter Fuß wieder gehent worden«.

Geschichten von Menschen, die sich durch eine Wallfahrt nach Passau aus vollkommen trostlosen Lebenslagen befreit haben, sind in einem zuerst 1661 erschienenen Buch versammelt, das den Titel trägt »Mariae Hüelff ob Passaw Gnaden-Lust-Garten, in welchem nicht ohne sonderbahren Trost und Seelen-Ergetzung jederman nach Belieben herumb spatzierend ersehen mag, wie erstgenenntes weitberühmte Gnadenbild durch Gottes Güte und Allmacht von seinem ersten Ursprung an bis auff diese gegenwertige Stund an Wunder und Gnaden jederzeit florirt und geleuchtet«.

Eine der in diesem Buch aufgezeichneten Wundererzählungen handelt von einer Frau, die, nach der damaligen Sicht der Dinge, von einem außerordentlich bösen Schadenszauber befallen worden war. Mehr als fünf Jahre hat die Frau an einer nervösen Krankheit gelitten, die sie oft zehn oder zwölf Mal am Tag in Ohnmacht sinken ließ. Auch wurde sie von den widerwärtigsten Geruchsempfindungen geplagt: Wann immer sie betete, beichtete oder die heilige Kommunion erhielt, hatte sie das Gefühl, als ob ihr ein beißender Aasgeruch ins Gesicht geblasen würde. Keiner Speise konnte sie einen Geschmack abgewinnen, selbst die erlesenste Mahlzeit verströmte einen Verwesungsgeruch und fühlte sich an ihrem Gaumen an wie Sand, Staub oder Haar. Fast alles, was sie zu sich nahm, warme oder kalte Speisen, erbrach sie gleich wieder.

Sie litt die meiste Zeit an einem stechenden, pochenden oder brennenden Kopfschmerz, der ihr regelmäßig den Nachtschlaf raubte, und wenn sie doch einmal eingeschlafen war, »ist sie gemeiniglich mit abschewlichen und erschröcklichen Fantaseyen geplagt worden, dass ihr der Schlaff schier peinlicher gewesen als das schmerzliche Wachen«.

Zuzeiten hatte sie das Gefühl, etwas drücke ihr mit aller Kraft den Hals zu, dann wieder fühlte sie um die linke Brust herum einen Schmerz, als ob ein Hund sich dort wütend verbissen hätte. Ein böses Wesen schien in ihren Leib Einzug gehalten zu haben, zog und zerrte an ihren Eingeweiden, versuchte ihr das Herz herauszureißen, presste ihr Leber und Lunge und andere Organe mit solcher Macht gegen den Unterleib, dass es zu heftigen Blutungen kam.

Zu den unheimlichen und schmerzhaften Vorfällen in ihrem Inneren kamen noch die gespenstischen Erscheinungen, die sie umfingen. Des Nachts war jedes Mal ein großes Poltern und Herumgehen in ihrem Hause, sie hörte, wie Schüsseln und Teller aus den Schränken geworfen wurden, die doch in Wahrheit niemand anrührte. Türen wurden aufgerissen und wieder zugeschlagen, und manches Mal kam das

Unwesen in ihre Schlafkammer hereingelaufen und schleuderte sie aus dem Bett heraus oder warf sich zentnerschwer in der Dunkelheit auf sie, und das fühlte sich an, als ob ein großer mit Leder überzogener Holzblock auf sie gewälzt würde. Auch tagsüber wurde ihr böse zugesetzt. Versuchte sie ein Gebet zu sprechen, hörte sie ein Geräusch, »als ob jemand in einem Beltz umb sie herumb rauschete«. In der Kirche schwebten oder flatterten immer allerlei Vögel dicht um ihren Kopf herum, und wenn der Pfarrer ihr die geweihte Oblate in den Mund legen wollte, blieben ihr oft die Lippen hart verschlossen. Und wenn sie auch mit unausgesetztem Beichten und Beten mit der Zeit sich eine gewisse Linderung verschaffen konnte, so war sie doch weiterhin hoffnungslos von der Zauberei umstrickt.

Ihr Beichtvater gab ihr endlich den Rat, dreimal nach Passau zu pilgern, dort jedes Mal eine Messe für sich lesen zu lassen und ein Opfer darzubringen. Von einer anderen Besessenen liest man im »Gnaden-Lust-Garten«, dass ihr beim ersten Gebet in der Wallfahrtskapelle so war, als ob sich deren steinerner Boden auf einmal in Teig oder Lehm verwandle und sie darin versinke, und es verging einige Zeit, bis die bis zum Wahnsinn verängstigte Frau überhaupt ihre Bitte an die Muttergottes richten konnte. Der Frau mit den Geruchs- und Gesichtseinbildungen und dem »schmertzlich innerlichen Greiffen« aber wurde rasch besser: Zuerst schmeckten ihr die Speisen wieder und die Gespenster wichen aus ihrem Kopf, dann, nach der zweiten Wallfahrt, verging allmählich auch die stetige Empfindung schrecklichen Gestanks, nachdem sie unter großen Schmerzen eine »schwartze Materi, wie eine Leber formieret und in Gestalt einer abgeschnittenen Zungen«, ausgeschieden hatte. Nur ein einziges Mal soll ihr in späteren Jahren noch einmal das Gespenst erschienen sein und sie »bey der Hand gedruckt« haben.

Nachdem ich mir alle Täfelchen lange und mit einem immer stärker anwachsenden Unbehagen angesehen hatte, trat ich wieder auf den Wallfahrtshof hinaus. Ein Sportflugzeug surrte an dem blendend grauen Tauwetterhimmel dahin, ein Pudel kackte in den Schnee, und ein Mann mit einem schwarzen Vollbart richtete eine altmodische Kamera auf die Sonnenuhr. Ich wandte mich nach links, wo auf einer kleinen Rasenfläche dicht an dicht die Steinkreuze über den Gräbern der Kapuzinerpatres stehen, die Vornamen tragen wie Kassian, Basilius, Kleophas oder Benevenut.

Dann ging ich aus dem Wallfahrtshof heraus und bog in den an der südlichen Klostermauer entlangführenden Weg ein. Ich ließ mich dort auf einer Bank nieder, von der ich über eine ebene Wiese schauen konnte, an deren Ende es steil zu dem

Mischwald, der den östlichen Hang bedeckt, hinuntergeht. Auf der Wiese lag noch Schnee, doch zwischen den graubraunen Stämmen und den Büscheln moosgrünen Nadelwerks (tatsächlich stehen weiter drinnen in diesem Wald viele abgestorbene Fichten) herrschte eine tiefe und reine Dunkelheit, als könnte dort selbst im tiefsten Winter gar kein Schnee hineingelangen.

Ein hellgrauer hoher Himmel wölbte sich jetzt über den Wipfeln, durchsetzt mit weißgelben Schlieren und meerblauen Flecken, durch die für Augenblicke immer wieder ein silbrig fahles Sonnengespinst drang und sich über die Schneeflächen, auf die Mauern und die Baumstämme legte.

Ein hoch gewachsener alter Mann in Wanderschuhen, auf der Nase eine riesige Kastenbrille, die eine übersteigerte Schaulust anzuzeigen schien, stapfte durch den Schnee neben dem Weg und winkte kurz mit der Hand zu mir herüber, als träfe man sich seit Jahrzehnten jeden Nachmittag an dieser Stelle.

Im oberösterreichischen Hintergrund zeigte sich eine weite, vor dem Himmelsgrau weiß leuchtende Kuppe mit einem winzigen Dorf darauf, das gar keine Farben hatte, sondern wie gestochen aussah. Ein Gewebe unzähliger Vogelstimmen hing in den Bäumen über mir. Darunter mischte sich in größeren Abständen das federnde Klopfen eines Spechts, das nicht zu verorten war. Weit weg schlug ein Hund an, von einem Kläffen in der Nähe beantwortet, das vielleicht von dem Pudel kam. Ich sah, fast wie in den Träumen, in denen man von unbegreiflichen und unaufhaltsamen Geschehnissen umringt wird, wie ein Fichtenzapfen sich in der windstillen Luft von seinem Ast löste und mit einem nur in solchen Augenblicken hörbaren Knirschen in den nassen blendenden Schnee fiel.

Ich blickte dem riesigen alten Mann hinterher, bis seine Gestalt hinter einer Wegbiegung verschwunden war, und obwohl sein roter Anorak durchaus jetztzeitig und weltlich wirkte, musste ich – vielleicht wegen der Brille, die aussah, als könnte man mit ihr durch die Jahrhunderte schauen – plötzlich an den Kapuzinermönch und Dichter Prokop von Templin denken, der vor dreieinhalb Jahrhunderten ebenso um die Mauern des damals gerade erst errichteten Klosters herumgegangen sein und auf das Hügelland hinaus geblickt haben wird, das damals auch nicht verlassener sein konnte als heute an irgendeinem Werktag, und sich dabei seine Marienlieder, das »Mariae Hülff EhrenKräntzel« oder den »Groß-Wunderthätigen Mutter Gottes Mariae Hülff Lob-Gesang« ausgedacht hat, oder sich seine »mit Melodeyen begabeten« Predigten ausgesponnen hat, die dann in einer großen Zahl von Sammlungen erscheinen sollten, wie etwa dem »Hertzen Frewd vnd Seelen-Trost. Das ist: Himmelische Betrachtungen vnd solche Lobgesänger, Dardurch die Gottliebende Seelen und Andächtige Hertzen er-

lustiget. Auff jeden Tag des gantzen Jahrs eine oder zwey frische Betrachtung und Gesang.«
Wenn ich auf der Bank unter dem Kloster saß und auf die Stadt hinunterschaute, wie sie sich da so geschäftig und zur gleichen Zeit scheinbar gedankenverloren ausbreitete, versuchte ich mir manchmal den großen Brand der Stadt im Jahr 1662 auszumalen, obwohl an diesem Platz hier oben auch nicht gut sein gewesen wäre an dem Unglückstag, denn selbst den Mariahilfberg hinauf hatte sich die Brunst damals gefressen und das Kloster mitsamt der Gnadenkapelle in Schutt und Asche gelegt.

Am 27. April jenes Jahres, einem lichten und sehr warmen Frühlingstag, soll am Morgen eine alte Frau vor dem gerade versammelten Stadtrat erschienen sein und um Einweisung in das St. Johannis-Spital gebeten haben. Da das Spital schon überfüllt war, wies man die Frau ab und bedeutete ihr, zu einem späteren Zeitpunkt ihre Bitte noch einmal vorzutragen.

Am frühen Nachmittag brach dann in der Mehlkammer des Johannis-Spitals ein Feuer aus, das sich in Augenblicksschnelle ausbreitete und die angrenzenden Gebäude ergriff. Kaum eine Stunde hat es dem Bericht des Goldschmieds Wilhelm Schmid zufolge gedauert, bis fast die ganze innere Stadt, der Neumarkt und auch die Innstadt lichterloh in Flammen standen, und nur die Ilzstadt und das Oberhaus blieben verschont.

Viele hundert Häuser fielen der »jämmerlichen Einäscherung« zum Opfer, und deren Bewohner kamen oft elendiglich in den Kellern um, wo sie vor dem Feuer sicher zu sein glaubten. Andere flohen auf die Innbrücke, wo sich schon eine Menschenmenge drängte und entsetzt auf die prasselnden, knackenden und qualmenden Flammenwände zu beiden Seiten des Inns schaute. Doch dauerte es nicht lang, bis das Feuer auch die Pfeiler der Brücke anfraß und diese endlich zum Einsturz brachte, sodass mehrere hundert Menschen in den reißenden und eiskalten Fluten des Inns ertranken.

Nicht wenige Wohngebäude, in denen man Schießpulver aufbewahrt hatte, flogen mit entsetzlichem Getöse in die Luft und ließen wiederum die umliegenden Häuser in sich zusammenstürzen, sodass sich überall in den Gassen der Schutt und die Mauerteile hoch auftürmten. Aus der Residenz hörte man das Krachen und Knallen der in der Hitze vergehenden eingelegten Fußböden, über dem Residenzplatz flogen allerlei angesengte Schriftstücke in dem heißen Luftzug herum, den Inn und die Donau hinunter trieben die Körper der Ertrunkenen, von überall her kamen Leute durch die Stadttore gelaufen und trugen im allgemeinen Durcheinander alles weg, was man irgend gebrauchen konnte, die Frau eines Seidenhändlers verbrannte in ihrem Laden am Dom, »dass man allda der letztern ihre Gebein zusam kehren hat müssen«, wie es in Schmids Bericht heißt, und in der Domkirche verbrannten die Heiligenfiguren, und auf den steinernen Fußboden tropfte das heiße Zinn von der Orgel herab und erstarrte zu sinnlosen Formen, und auch die Glocken schmolzen zusammen, in der Innstadt drüben kamen die Kapuzinermönche in einer langen Prozession vom Mariahilfkloster herunter und trugen das Venerabile durch die vom beißenden Qualm erfüllten Gassen, »damit das Feuer gesegnet werde«, während über den Inn ein mit den weinenden und entsetzt die Hände ringenden Nonnen vom Kloster Niedernburg völlig überfülltes Schiff glitt.

Am folgenden Morgen, stellte ich mir vor, musste ein beißender Geruch über dem ganzen Flusstal liegen. Einige verkohlte Strünke und Baumstämme würden aus den grauen und schwarzen Aschenflächen, von denen der Mariahilfberg bedeckt war, noch hervorgeragt sein, tote Vögel mit versengtem Gefieder mussten da herumliegen und wohl auch verbrannte Hasen und Eichkatzen. Vielleicht waren vom Klostertrakt noch einige rußschwarze Mauern übrig, sah man noch in einige leere Bogenfenster hinein, oder in ein sinnlos gewordenes Fragment eines Gefüges aus Balken. Immer noch werden Leichen im Inn getrieben sein, so zahlreich, dass man sie wohl auch von hier oben hätte sehen können. Drüben in der Altstadt, zu der jetzt keine Brücke mehr führte, Schutthalden, in denen es hier und da noch glühte, ausgebrannte hohle Gehäuse, aus denen manchmal noch dünne Rauchschwaden in den Frühlingshimmel aufstiegen, Mauerreste mit Fenstern, durch die hindurch man wieder auf andere verkohlte Mauern sah, von denen noch immer die eine oder andere plötzlich in sich zusammenfiel, auf tote Pferde, auf Haufen von Möbeln, Kleidungsstücken, Leinenbahnen, Geschirr und Waren aus den verschiedenen Ladengeschäften, das meiste versengt, verschmutzt, zerbrochen oder vom Löschwasser durchweicht.

Man hatte längst mit dem Aufräumen begonnen, mit dem trostlosen Geschäft des Bergens der oft gar nicht mehr kenntlichen Toten aus den Kellern, man versuchte einen Überblick zu gewinnen, was eigentlich noch vorhanden war, was verdorben war und was noch heil, aber viele Leute, die alles verloren hatten, vielleicht auch ihre Angehörigen, werden an diesem Morgen wie Schlafwandler über die Schutthalden gestiegen und durch die auf einmal sonnenhellen Gassen gegangen sein. Die meisten Bürger hatten ihr Lager auf den Wiesen vor den Stadttoren aufgeschlagen, umgeben von den paar Habseligkeiten, die sie aus dem Feuer hatten retten und auf Pferden und Wagen hier heraus hatten transportieren können. »Mein Tisch und auch ville Nächt mein Ligerstatt warr die Erden«, berichtet Wilhelm Schmid. In den darauf folgenden Tagen fiel dann heftiger und anhaltender Regen, der das Mauerwerk weiter zermürbte, sodass erneut immer wieder Menschen, Pferde und Fuhrwerke unter einstürzenden Häusern begraben wurden.

Die Mauern der Domkirche aber ragten noch, wenn auch rußgeschwärzt, aus der verbrannten Stadt hervor; erst am Fronleichnamstag, als man nach dem Umzug dem Brauch folgend einige Musketensalven abfeuerte, ist »das Gewölb der Domkürchen von dem Chor anfangend bis zur hinteren grossen Orgl eingefallen. Das Glickh warr, dass niemand darinnen gewesen.« Das Wasser mancher Brunnen soll noch lange Zeit nach dem Wein geschmeckt haben, der in großen Mengen während des Brandes im Boden versickerte.

Oft hatte ich auch mein kleines Fernglas dabei, wenn ich den Mariahilfberg hinaufwanderte. Es hat mir immer schon getaugt, mit seiner Hilfe die Wirklichkeit in kleine deutliche Bilder zu zerlegen. Ich setze das Glas an die Augen, und in den Sekunden, die es braucht, bis ein Gegenstand vor den Linsen erscheint und Kontur annimmt, streifen mich jedes Mal, wenn auch bloß lidschlagkurz, die Bilder, die ich in den Wochen oder Monaten zuvor durch dieses Glas angeschaut habe. Von der Terrasse am Rand der Altstadt von Tarragona blicke ich über die im Wind laut raschelnden Palmen hinweg auf eine Gruppe von vier für sich stehenden Platanen fast am Ende einer sich weit ins Meer hinaus erstreckenden sandigen Landzunge. Im Lübecker Dom schälen sich die Gestalten von Bernt Notkes Triumphkreuz aus dem dämmrigen Kirchenraum, das umschattete und verhärmte Mariengesicht, unter der sanften Adamsgestalt der Engel der Vertreibung mit dem Kleinjungengesicht, wie im Spiel ein Schwert über dem Kopf schwingend.

Dann schießen die Farben und Formen, die wirr hinter dem Glas durcheinander spielen und scheinbar schon einmal Gesehenes wieder herstellen möchten, solange man noch nach einem Gegenstand sucht, auf einmal zu einem ruhigen und festen Gefüge zusammen. Durch das Fernglas betrachtet, aus der Verwobenheit in den Raum herausgelöst und in ein begrenztes Bild gehoben, zeigen sich die Dinge unbefangen und wie in Gedanken verloren, so wie ein sich unbeobachtet wähnendes Kind spielt: die von der Sonne beschienenen Steinfiguren auf dem Dachfirst der Residenz, die Kirchtürme, das Laubwerk an den Klippen auf der anderen Seite der Donau, der zwischen den Bäumen aufleuchtende rote Anorak eines Spaziergängers dort oben. Dann treten Fensterreihen ins Bild, deren Scheiben den wolkenlosen Himmel spiegeln. Ein Ziegeldach, mit einem offen stehenden Giebelfenster, hinter dem sich eine Gardine regt. Davor kreist eine Möwe und wirft einen Schatten auf die fahlbraune Schindelfläche des Daches. Weiter weg ein Brauereischlot, ein langsam, wie unbeholfen sich drehender Baukran, im Norden graue Wohnblocks auf einer Anhöhe, etwas näher ein weiß getünchtes Gotteshaus mit einem spätromanischen, wie zu einer Burg gehörigen Glockenturm drüben über den Häusern der Ilzstadt: Das ist die Kirche St. Bartholomä, zu der ich einmal an einem glühend heißen Julitag hinaufgestiegen bin.

Am Ende der menschenleeren, steil ansteigenden Kirchgasse betrat ich durch eine Eisengitterpforte den weitläufigen Friedhof, der die Kirche St. Bartholomä umgibt. Im Schatten eines hohen Steins, in den die Namen von Weltkriegstoten eingemeißelt waren, schlief zusammengerollt eine weiße Katze. Vor dem Wiesenhang, der sich im Osten an das Gräberfeld anschließt und zum Dobl hinaufführt, zog ein großer, falkenartiger Vogel lautlos seine Kreise.

Eine alte Frau in Filzpantoffeln, mit einer giftgrünen Gießkanne in der Hand, bewegte sich unendlich langsam durch die Reihen von Grabsteinen hindurch, über denen die Luft in der blendenden Nachmittagssonne flimmerte. Es kam mir so vor, als ob ich genau diese Frau schon ungezählte Male dabei angetroffen hätte, wie sie ihrem einsamen, gedankenverlorenen Totenkult nachging, zwischen den Buchsbäumen auf dem Friedhof von St. Severin, oder auf dem von St. Achatius in Hals, wo das Schwarz der Ilz, das Grün des ansteigenden jenseitigen Ufers und das Hellgelb der dicht am Ufer aufragenden Kirchenmauern in der Erinnerung jedes Mal zu einem emblemhaften Dreiklang zusammentreten. Und es war mir in dem Moment, als ob allein von dieser unscheinbaren Frau die durchsichtige und zugleich leuchtende Nachmittagsstille ausgehen würde, die sich in meiner Vorstellung mit diesen vorstädtischen, jeweils nahe an einem der Flüsse gelegenen Friedhöfen verbindet.

Als ich durch den weiten geweißten Kirchenraum, der im gelben Nachmittagslicht lag, auf das Presbyterium mit dem gotischen Netzrippengewölbe zuging, schlug es draußen, scheinbar weit entfernt, gerade drei Uhr. Eine Frau in einer Kittelschürze hatte soeben den Steinfußboden gewischt; er glänzte noch und es lag ein leichter Seifengeruch in der kühlen Luft.

Schräg gegenüber dem Eingang sind in eines der Bogenfenster zwei Glasmalereien eingelassen, die eigentlich aus der fünf Minuten entfernt auf der anderen Ilzseite gelegenen Salvatorkirche stammen. Die eine zeigt vor einem purpurroten Hintergrund den heiligen Bartholomäus, erkennbar an seinem weißen, niemals schmutzig gewordenen Mantel, mit dem er durch Indien zog, Menschen heilte und bekehrte und den Teufel zwang, aus den Götzenbildern zu fahren, und auch das Messer, mit dem ihm die indischen Heiden die Haut abgezogen haben sollen, gehört zum landläufigen Bild des Bartholomäus.

Das andere Glasbild aber kann man gar nicht verstehen, wenn man die Geschichte nicht kennt, aus der es eine verruchte Handlung darstellt. Im Jahre 1477 soll der Knecht Christoph Eisengreißheimer aus dem Bayerischen Wald, der oft für die Passauer Juden Botengänge nach Prag unternahm, den Opferstock der Freyunger Kirche aufgebrochen und dort außerdem acht konsekrierte Hostien gestohlen haben, die er dann für einen Golddukaten an einige Juden in der Ilzstadt verkaufte. Diese Geschichte brachte er jedenfalls vor, nachdem man ihn wegen eines anderen Kirchendiebstahls ein paar Monate später im Kerker des Oberhauses festgesetzt hatte. Wahrscheinlich schwärzte er die Männer nur deswegen an, um von der Ungeheuerlichkeit seiner eigenen Taten abzulenken. Dem Bischof von Passau aber, der den in jener Zeit über weite Teile Europas verbreiteten Judenhass teilte, mögen die Beschuldigungen des Knechts wie Musik in den Ohren geklungen haben.

Etwa fünfzig jüdische Familien lebten zu dieser Zeit schon seit mehreren Jahrzehnten in dem »oppidulum judaeorum« oder »Judenstädtl« am linken Ilzufer (vorher hatten sie über die Altstadt verstreut gewohnt). Zehn der Ilzstädter Juden wurden am 10. Februar 1478 verhaftet und so lange gefoltert, bis sie schließlich zugaben, die Hostien von Eisengreißheimer erworben und verunehrt zu haben. So bekannte einer der peinlich Befragten nach dem Bericht eines Mönches vom Kloster Ebersberg, man habe »das Sacre in des veydl Judn pachofen geworffen in das fevr vnd hab gesechen zwo weys tauben herausfliegen vnd ainen großen winnt vnd saus darob sy serr erschrocken vnd türmig in den köpfen wordn sein«. Ein anderer gab an, man habe »ain figur zwayer Enngl gestalt aus dem ofen fliegen sehen und ist geschehen an ainem freytag«. Ein Ölgemälde im Oberhausmuseum zeigt die Juden, fremdartig dunkelhäutige Gestalten in prachtvoll wallenden orientalischen Gewändern, wie sie gerade die beiden Hostien in den Ofen geworfen haben und zwei Engel und zwei Tauben aus den lodernden Flammen aufsteigen.

Auch sollen unter der Anleitung des Veydl und des Mändl, welcher der »Schulklopfer« der Gemeinde war, also derjenige, der durch Pochen gegen die Haustüren die Leute zum Gottesdienst rief, die restlichen Hostien zum Frevel in die Synagoge gebracht worden sein. Was nun angeblich geschah, ist auf dem Glasfenster von St. Bartholomä zu sehen: Vier Gestalten beugen sich da über einen hölzernen oder steinernen Tisch, den Altar der Synagoge, auf dem acht weiße Kreise die Hostien vorstellen. Der tiefblaue Hintergrund wird wohl die nächtliche Heimlichkeit bedeuten. Kaum kann man erkennen, dass eine der Gestalten von oben mit einem Messer eine der Oblaten berührt: »da hab der veydl dareingestochen da hab er gesehen das pluet daraus ganngen sey.« Wen aber soll die weiße verschleierte Gestalt, die den Juden über die Schulter schaut, vorstellen? Ist es die Jungfrau Maria, die den Frevel am Fleisch ihres Sohnes bezeugen muss?

Alle Beschuldigten wurden zum Tode verurteilt und entgegen einem ausdrücklichen Verbot des Kaisers Friedrich III. am 10. März 1478 hingerichtet. Vier der Juden traten vor der Vollstreckung des Urteils noch zum Christentum über und wurden daher auf eine vergleichsweise glimpfliche Weise ums Leben gebracht, indem man sie mit dem Schwert enthauptete. Die anderen aber und auch der Kirchendieb Eisengreißheimer wurden in einer unvorstellbaren Prozedur mit glühenden Zangen verstümmelt und zerfleischt, bis sie tot waren. Einige der Passauer Juden ließen sich taufen, die meisten aber wurden aus der Stadt vertrieben, ihre Synagoge riss man auf Geheiß des Bischofs Ulrich von Nussdorf ab und ersetzte sie durch den Bau der »Sühnekirche« St. Salvator, mit deren Bau schon im Sommer des darauf folgenden Jahres begonnen wurde.

Bis zum Ende des 18. Jahrhunderts gab es in Passau keine Juden mehr; dafür setzte schon bald eine emsige Wallfahrt an den Ort des vorgeblichen Hostienwunders ein, von der noch zwei barocke Reliquiare zeugen: In das eine ist das zum Durchstechen der Oblaten verwendete Messer eingeschlossen, in das andere ein Dorn, mit dem gleichfalls die Hostien verletzt worden sein sollen. Viel Geld verdiente die Kirche auch mit den in großer Zahl an die Pilger verkauften Drucken, auf denen der Hostienfrevel als krause Bildergeschichte wiedergegeben war.

An demselben Nachmittag, an dem ich mir das Glasfenster von St. Bartholomä angesehen habe, bin ich noch lange an der Ilz entlanggewandert. An der Stromlänge wird der Fluss breiter, nahe am gegenüberliegenden Ufer ist eine kleine Insel, mit Schilf und einer Silberweide bewachsen. Die Wellen brechen sich hier an bemoosten Steinen, die bei niedrigem Wasserstand über den Spiegel hinausragen werden, das dunkle Wasser sieht mit einem Mal aus wie mit lauter kleinen gleißenden Spiegelscherben übersät, und es entsteht ein leises, aber doch volltönendes Bachrauschen, das sich mit dem Sausen des Windes in den Weidenbäumen vermischt. Wenn man in der seit Jahren unbehelligt vor sich hinwuchernden Uferanlage durch das hohe, mit oft ganz fremdartigen Blumen durchsetzte Gras bis an die Kante des Flusses herangeht, erkennt man, dass das Wasser im Sonnenlicht eine dunkelbraune Farbe annimmt, und dass man dennoch bis auf den Grund schauen kann, auf dem heller Sand und dunklere Steine schimmern, und hier und da vielleicht auch noch eine Flussmuschel, Margaritifera margaritifera.

Ich ging an der Kirche St. Achatius mit ihren weiten und sanft geschwungenen Ziegeldachflächen vorbei. Auf einer Tafel in dem überdachten Eingangsbereich kann man die Photographien der in letzter Zeit verstorbenen Gemeindemitglieder anschauen. Die Gesichter sind oft ein wenig verschwommen, so als ob sie in dem Augenblick, da man sie aufgenommen hat, insgeheim schon dabei waren, sich aus dem Staub zu machen.

Die Kirche selbst war verschlossen, dabei hätte ich gern gewusst, ob der Anblick der Halser Muttergottes mit ihren roten Wangen und dem Doppelkinn wieder, wie beim ersten Mal, die unguten Erinnerungen an eine Klosterschwester in der Kindererholung im Neustifter Wald in mir aufrühren würde. Jede Nacht kam sie in den Schlafsaal und rüttelte nacheinander jeden von uns wach, damit wir in ein pfannenartiges Emailgeschirr hineinpinkeln sollten, das sie uns entgegenhielt. Ich sehe mich noch im Halbdunkel (an die Lichtquelle erinnere ich mich nicht mehr) vor der strengen und, wie ich heute denke, nicht ganz gesunden Schwester mit dem feisten Gesicht und dem Doppelkinn stehen, die Pyjamahose heruntergelassen, den Blick auf das schon halb volle Geschirr gerichtet und verzweifelt darauf wartend, dass etwas käme, oder sie mich mit einer Ohrfeige und einem wütenden Zischen wieder ins Bett schickte. Selbst als ich einmal mit Fieber den ganzen Tag im Bett gelegen war, die weißen

Wände, wo sich die Schemen einer nebligen Burgenlandschaft andeuteten, angestarrt und den Rufen der Kinder draußen im Wald wie einer heillos auseinander gefallenen Geschichte zugehört hatte, schüttelte sie mich mitten in der Nacht aus dem Schlaf, dass der Urin in dem Geschirr, das sie gegen die Hüfte gestemmt hielt, nur so schwappte.

Ich ging weiter, über die Halser Brücke und dann auf der anderen Seite der Ilz unter der Burgruine entlang und bis zu dem Rondell, an dem der Stadtbus wendet. Dort beginnt ein schattiger Uferweg, auf dem man nach ein paar Metern über eine schmale Brücke kommt und dann zwischen mit mächtigen Fichten, Tannen und Buchen bewachsenen Berghängen zu einem schmalen Tunnel, der so genannten Triftsperre gelangt. Da der Fluss in dieser Gegend lauter enge Schleifen beschreibt, in deren Kurven sich die aus dem Bayerwald nach Passau gesandten Baumstämme oft verkeilten, hat man im frühen 19. Jahrhundert diesen einhundertzwanzig Meter langen Schacht durch den Berg getrieben und so einen Kanal geschaffen, auf dem man die Stämme unter Auslassung einer besonders engen Kehre weiter flussabwärts treiben lassen konnte.

Schon als Kind, wenn wir in den Ferien hier waren, mochte ich es nicht, durch die Triftsperre zu gehen. Neben sich hörte man das Wasser rauschen und plätschern, doch sehen konnte man es ebenso wenig wie den Weg, der daneben herlief, auf das durch das

Laub der Bäume grünliche Licht am Ende des Tunnels zu. Auch diesmal überkam mich in der Mitte des Tunnels eine Verlorenheit, die nicht nur den Raum, sondern auch die Zeit ungewiss machte. Als ob das Dunkel zwischen zwei Erinnerungsbildern, das nur unmessbar kurz sein darf, wenn man weiterleben oder doch wenigstens derselbe bleiben will, sich hier ins Unbestimmte ausdehnte.

Schließlich trat ich aus dem Dunkel des Tunnels heraus, in eine weite, fruchtbare Tallandschaft, mit einem Wirtsgarten auf der anderen Seite des Flusses, rechterhand wurde im Weitergehen eine Bergwand sichtbar, auf deren Kamm sich Baumriesen einzeln gegen den Nachmittagshimmel abzeichneten, und ich stand vor demselben Fluss, von dem ich doch gerade weggegangen war, nur floss er auf einmal in die entgegengesetzte Richtung: als sei ich plötzlich in die Welt geraten, in der alles verkehrt herum geht, und in der man vielleicht auch seiner eigenen Geburt entgegenlebt.

Wenn ich mir den Namen der Stadt mehrmals vorsage, steigen aus den beiden Silben verschwommene, nur vage mit mir zusammenhängende Kindheitsbilder auf, ein freier Wiesenplatz mit Wäschestangen und Mädchen in altmodischen Sommerkleidern, Morgensonne auf einer hell getünchten Hauswand, in einer großen Wohnküche ein sicheres

Versteck unter dem Tisch und ein gesprenkelter grauer Linoleumboden, in dem sich ein fernes Stück Himmel spiegelt, draußen dunkel strömendes Wasser zwischen dem Gezweig von Büschen, in dem an einem trüben traurigen Tag der Wind wühlt und die silbergrauen Unterseiten der Blätter hervorsucht.

Ganz im Inneren des Passauwortes eingemauert sind Kindheitslaute, die selbst in der Erinnerung immer gerade schon verklungen sind oder als böser Nachhall über den großen steilen Dingen der ersten Lebensjahre liegen.

Wie die stehen gebliebene Freilichtkulisse eines seit Jahrzehnten nicht mehr gegebenen Stücks erhebt sich der Kindheitsstadtteil Haibach über dem rechten Ufer der auf dieser Höhe, von zwei Zuflüssen gespeist, sehr breiten Donau. Davor erhebt sich eine kleine »Wohnanlage« aus Plattenbauten, in die ich mich gleich hineinverirrt hatte auf meiner ersten Suche. Ein bulliger Mann im Unterhemd, in der Hand eine Bierflasche, lehnte sich aus einem Fenster und blickte mich trübe an.

Der Linienbus Nummer 4 Richtung Achleiten, der durch die Göttweiger Straße fährt, wurde in der Nähe der Haltestelle nur ein wenig langsamer, als wollte er den Anwohnern ein Angebot machen, das freilich nicht angenommen wurde: Kaum jemand steigt hier tagsüber ein oder aus, ein paar Schulkinder am frühen Nachmittag ausgenommen, und es war gerade überhaupt niemand unterwegs außer einer jungen Frau mit einer Einkaufstüte in jeder Hand, die lange Zeit vor mir her in Schuhen mit Pfennigabsätzen über den weichen Asphalt stöckelte.

Eine ältere Frau, die Bucheckern aufsammelte unter den übrig gebliebenen Bäumen an der Straße und sie in eine braune Einkaufstasche aus Leder tat, erzählte mir, nachdem ich sie um den Weg nach Haibach gefragt hatte, die Siedlung hier sei in den achtziger Jahren erbaut worden: »Wir wohnen ganz sauber hier in unserer Anlage. Sehr sauber wohnen wir hier.« Und sie sah sich zufrieden um, als hätte sie alles selbst geplant und gebaut.

Die Wohnblocks hatten alle die gleichen quadratischen Fenster, sodass ich unwillkürlich denken musste, die hier alles durchdringende Einförmigkeit mache auch vor dem Inneren der Wohnungen nicht Halt, nicht vor den Möbeln und auch nicht vor den in den Wohnungen sitzenden oder herumgehenden Menschen, ihren Mienen und Bewegungen und Gedankengängen. Die einheitliche Größe der Fenster gewährleistete, dass allen Bewohnern gleich viel von der Welt dargeboten wurde, lauter gleich große Ausschnitte.

Hinter der Siedlung ragen die Häuser, die Zäune, die Bäume von Haibach verschwiegen, als schämten sie sich ein wenig ihrer Unzugehörigkeit, in die Gegenwart hinein. Eingelassen in eine dunstige Hügellandschaft mit düsteren Waldstrecken stehen

Mehrfamilienhäuser neben Bauernhöfen (vor einem wurde einmal, aber das hatte sich lange vor meiner Geburt zugetragen, ein kleines Kind von seinem Vater mit dem Traktor totgefahren), dazwischen sind Bungalows geraten, als habe man alles achtlos zusammengeschoben und sich selbst überlassen nach der letzten Vorstellung.

Auch ist die Grenze zwischen dem Passauer Stadtteil und dem oberösterreichischen Dorf Haibach, Kreis Schärding, heute längst verblasst; nur das blaue Schild mit den gelben Unionssternen und die beiden Länderschilder an der Haibacher Straße zeigen an, dass hier zwei Nationen aneinander stoßen, entlang einer gedachten Linie in einer Hügellandschaft, die es an Abgeschiedenheit und Weltvergessenheit mit jeder winzigen Pirateninsel in den Weiten des Pazifischen Ozeans aufnehmen kann.

Doch stellte ich fest, dass es möglich war, in den Straßen und auf den Wegen von Haibach herumzugehen und man bewegte sich dabei nicht etwa in einem Museum, in dem man weit in der Geschichte zurückliegende Lebensformen betrachten konnte, sondern man war mitten in einem »Wohngebiet« wildfremder, offenbar selten nur sich zeigender Menschen. Ein-, zweimal grüßte mich einer, über einen Gartenzaun hinweg, aus dem Augenwinkel, mit zerstreuter Herzlichkeit, als sei es ihm gar nicht weiter aufgefallen, dass ich ja schon seit mehr als dreißig Jahren nicht mehr da war. Gleichzeitig wunderte es mich, dass man einen Wiedergänger wie mich am helllichten Tag überhaupt sehen konnte.

Das »innere« Haibach betritt man durch eine der beiden Bahnunterführungen (an der Wand des Durchgangs, der für mein Gefühl doch geradewegs aus der Zeit herausführte, ein Wahlplakat, das die Zukunft Deutschlands beschwor). Der 1904 eröffnete und sechsundsechzig Jahre später wieder aufgegebene Schienenweg hat über viele Brücken durch eine von tiefen Bachläufen und steilen Nadelwaldhängen zerklüftete Gegend ins fünfundzwanzig Kilometer entfernte Hauzenberg geführt. In Haibach geht von den brütend leeren Schienen, die sich hier ein wenig vom Donauufer entfernen und erst vor der Kräutelsteinbrücke wieder dem Fluss entgegenführen und ihn dann auch überqueren, eine gewisse schwermütige Größe aus, ein stolz und gleichgültig hingenommenes Nicht-mehr-in-Betracht-Kommen. Wenn man sich hier draußen ein wenig fühlt wie in den verlassenen Walfangstationen rund um den Südpol, in Neu-Georgien etwa, wo der Wind um verfallene Baracken heult und an rostzerfressenen Wellblechteilen zerrt und das einzige lebendige Wesen, das sich im Dunkel einer Türöffnung ankündigt, dann doch nur ein Walross ist: liegt es vielleicht auch an dieser den Ort und seine Erinnerungen gliedernden und doch längst abgestorbenen Verkehrsader.

Dann fiel mir bei meinem ersten Spaziergang durch Haibach nach Jahrzehnten noch ein Halbwüchsiger in sackweiten Hosen auf, die Baseballmütze verkehrt auf dem Kopf, der im Schneidersitz auf einer Bank saß und sich über sein Mobiltelefon beugte, einen Augenblick lang mit demselben Ausdruck inständiger Zugewandtheit im Gesicht wie ein paar Schritte dahinter die auf das Kind in ihren Armen herunterschauende Muttergottes.

Gleich hinter der Pension Gambrinus bog ich in einen Weg ein, der am Waldrand entlang eine ansteigende Schneise hinaufführte, bis zu einem Wiesenhorizont zwischen dunklen Nadelgehölzen, über denen gerade leuchtendes Schönwettergewölk aufzog. Schon nach ein paar Metern verlor sich der Pfad zwischen hohen Brombeer-, Distel- und Brennnesselstauden, und dann ging es über eine Buckelwiese mit langen offenbar vorjährigen Grashalmen, die vom Wind zur Seite gekämmt worden waren und einem rauen gelblichen Fell glichen, in das ich mit jedem Schritt fast bis zu den Knien einsank. Der Geruch des feuchten Lehmbodens vermischte sich mit dem der Gräser und Nesseln und Kräuter ringsum.

Schließlich entdeckte ich jenseits des Gestrüpps am Waldrand die kleine weiß getünchte Kapelle »Maria im Walde« mit dem Ziegeldach und den beiden Säulen aus Naturstein, daneben eine Bank im Baumschatten. In meinen ersten Lebensjahren muss die gleich nach dem Ersten Weltkrieg gebaute Kapelle ganz verfallen gewesen sein; kaum jemand erinnerte sich überhaupt an sie. Erst in dem Jahr, nachdem wir weggezogen waren, ist sie wieder hergerichtet worden.

Während ich auf der Bank neben »Maria im Walde« saß und aus meiner Wasserflasche trank, überkam mich wie später noch so oft auf dieser Seite des Flusses die Vorstellung, das Leben bestünde nur aus wenigen, in der frühesten Zeit gesetzten Momenten, und alles danach erschöpfte sich in Wahrheit im bloßen Nachstellen und im unbewusst fragenden Umkreisen dieses einmal Erlebten.

Dabei war Haibach über viele Jahre kein Ort gewesen, den ich je auf einer Landkarte, einem Stadtplan oder gar in der Wirklichkeit gesucht hätte. Es war nur ein immer wiederkehrendes Wort in den Erinnerungserzählungen der Familie, eine Losung, die Zeitentiefe und Unwiederbringlichkeit bedeutete, ein Goldenes Zeitalter voller seltsamer Menschen und Vorfälle, und für mich selbst, wenn ich bei diesen Gesprächen dabeisaß und zuhörte, schien in dem Haibachwort eine Welt auf, deren Wesen darin bestand, dass ich in ihr nicht vorkam, oder lediglich als etwas, das nicht wesenhafter war als eine Sternschnuppe, ein Regenbogen oder der Schatten der vorbeischwirrenden Schwalben an der Mauer unseres Hauses neben dem Bahndamm.

Meine Verbindung zu diesem fernen Haibachstern besteht ja in nichts anderem als einem lidschlagkurzen Blick auf eine in der Sommerglut liegende Straße, dem Geschmack von Erdbeereis, einem Geblendetsein von den Sonnenstrahlen auf einem Wasserspiegel oder einem besänftigenden Gestreicheltwerden. Allmählich nur begann ein erst bloß flackerndes, ungewisses und immer wieder erlöschendes Ich auf diesem Planeten sein kleines geisterhaftes Wesen zu treiben, das sich freilich noch lange nicht zu einem vollgültigen, durchgängigen Vorhandensein auswuchs.

Die meist nur kurzen Ferienaufenthalte der späteren Kindheitsjahre spielten sich anderswo in Passau ab, an den Innufern weiter im Westen, in der winzigen dunklen Wohnung der Großeltern, wo es schon einen Farbfernseher gab und wo überall auf den Wandborden die vom Großvater geschnitzten Tiere standen, die Bären, Hirsche und Pferde, deren Glätte und Undurchdringlichkeit mir immer ein Rätsel gewesen war. Erst vor ein paar Jahren kam ich dann zum ersten Mal nach Haibach zurück, einem tatsächlich bis auf den heutigen Tag vorfindlichen Stadtviertel Passaus über dem Südufer der Donau, mit Hausmauern, die sich warm anfühlen von der Vormittagssonne und die sich nicht einfach auflösen wie in den Träumen, aber gleich wie in diesen mit vollkommen willkürlichen Nummern versehen sind. Wo man den Geruch von soeben gemähtem Gras riecht und weiter weg den Bus vorbeifahren hört oder einen Laster, und wo ich bis zur Mitte meines fünften Lebensjahrs unter der Adresse Bayerisch Haibach Nr. 8 gemeldet war.

Die ganze Familie war damals dabei auf diesem Wochenendausflug anlässlich der Goldenen Hochzeit der Eltern. Alle Familienmitglieder kamen mir, kaum hatten wir *unsere* Straße erreicht, plötzlich fremd und seltsam alt vor. Eine halbe Stunde oder vielleicht länger schien mir mein Leben durcheinander geschüttelt zu werden, und ich durchlebte einen nie zuvor erfahrenen Schwebezustand, in dem nicht allein Vergangenheit und Gegenwart, sondern auch Außenwelt und Innenwelt ineinander spielten und ununterscheidbar wurden.

All die halb blinden Einzelmomente, die beziehungslos in mir gekreist waren gleich Himmelskörpern, die in eine fremde Umlaufbahn geraten waren, gingen mit einem Mal in einer zusammenhängenden, mit allen Sinnen aufnehmbaren Welt auf: die weiß getünchte, wenngleich schon etwas grau gewordene Hauswand mit den hölzernen Fensterläden (dass sie braun waren statt grün, verbuchte ich als einen Flüchtigkeitsfehler der Gegenwart), die Wäschestangen hinter dem Haus, wo die Mutter hinter immer neu sich entfaltenden weißen Leinenbahnen verschwunden und wieder zum Vorschein gekommen war, hantierend mit bösartigen, unvermutet zubeißenden Holzungetümen, die Wäscheklammern hießen.

Der unbestimmte Abgrund vor dem Haus der Erinnerung war im Diesseits eine kaum zwei Meter hohe Grasböschung mit bläulichen Kleeinseln, übersät mit jenen kleinen blassvioletten Blumen, die Gewitterblumen genannt wurden. In späteren Jahren sollte ihr plötzliches massenhaftes Aufblühen ein bevorstehendes Unwetter anzeigen. Die Steintreppe mit dem Eisengeländer, die die Böschung hinunterführte, gab sich durch ein umrissloses vielfarbiges Anziehungsgefühl als bedeutsamer Platz zu erkennen. Im Augenwinkel ein Wiesenhang, der zu einem düsteren finstergrauen Waldrand hinaufführte. Gleich neben der Straße lief der Bahndamm entlang mit den rostroten, stellenweise im Unkraut vollkommen versunkenen Schienen, dann kam hinter einem schmalen Unterholzstreifen der Fluss, der hier nur ein dünner teichgrüner Lauf war vor den beiden Lufteneggerinseln mit ihrem zahnfarbenen Ufer und der himmelhohen Wand aus Weidenbäumen dahinter.

All die Räume und Dinge, die sonst auf dem tiefsten, pflanzenhaften Grund der Erinnerung, neben den Träumen und Einbildungen und mit diesen vermischt, reglos aufruhten, breiteten sich auf einmal in den unzweifelhaftesten Wirklichkeitsfarben um mich herum aus. Wie aus meinem Innersten hervorgesponnen stand die Kindheitslandschaft da im Licht eines heißen, wolkenlosen Augustvormittags, nur ein wenig geblendet und verloren vielleicht von so viel Tatsächlichkeit.

Es kam mir auf einmal so vor, als ob alles, was ich seither erlebt und als meine Geschichte in mir verbucht hatte, in diesen Augenblicken verschwand. Alle Bewegungen, die ich je vollführt hatte, alle Begegnungen erschienen mir jetzt ganz zufällig und äußerlich gegenüber der unheimlichen Beharrungskraft der frühesten Wirklichkeit. Alles später Geschehene hätte sich ebenso gut anders ergeben können, oder gar nicht, oder hatte es sich gar nicht ereignet? Beim Versuch, das mich gerade Umgebende als Gegenwart zu denken, wurde ich mir selbst ganz undeutlich. Wenn ich meinte, gar nichts zu denken, war die leere in der Augusthitze flimmernde Straße mit dem Ölfleck auf dem Asphalt, der graue Lattenzaun da vorne, die von der Sonne beleuchtete Grasböschung, über die die ganze Zeit zwei Zitronenfalter in immer gleich bleibendem Abstand hinwegflatterten, die Wiese mit den Wäschestangen hinter dem Haus: eins mit mir selbst.

Wie die Straßen und Wege und Pfade auf diesem entlegenen Weltfleck wirklich zusammenhingen, sollte ich erst ein paar Jahre später erfahren, als ich meine Krankenbesuche aufnahm und dann immer mehr ausweitete auf all die Plätze, die zu der Krankengeschichte zu gehören schienen. Jetzt bildeten diese Wege ein auf keinem Stadtplan wieder zu findendes urvertrautes Muster, in einer von Treppengeländern, von Wasserblitzen durchschossenem Uferdickicht, fernen Wiesenhügeln, hölzernen Fensterläden und Brennnesselstreifen durchwobenen Wirklichkeit.

Schließlich waren wir damals einen schnurgeraden, von hohen Buchen überwölbten Fußweg entlanggegangen. Linkerhand zog sich ein schwarzer toter Wasserarm dahin, auf dem schon jetzt, noch mitten im Sommer, gelbe Blätter schwammen. Weiter weg hörte man den Haibach rauschen, wenn er auch nicht klar vom Säuseln des Birkenlaubs zu unterscheiden war, und zwischen diesen beiden Wasserläufen sah ich, von den Baumstämmen in einzelne Abschnitte zerteilt, eine in der Mittagssonne flirrende, eigenartig unbestimmte, wie nur ungefähr erinnerte Fläche, die von den verschiedensten Gräsern, Disteln und Blumen überwachsen war, und auf der beziehungslos wie Traumgegenstände herumstanden: ein alter Wohnwagen, das Gestänge einer Kinderschaukel, aber keine Schaukel daran, und ein Stapel Brennholzscheite.

Am rechten Wegrand verlief eine steile Böschung von der Art, hinter der ich mir immer schon fast zwanghaft eine lichte Weite, vielleicht sogar die Aussicht auf einen Ozean gedacht habe. An manchen Stellen der Böschung lag das Wurzelwerk der Eichen offen, an anderen trat, wie das außer in Haibach nur noch an ein paar anderen Stellen der weiteren Umgegend vorkommt, der Granit des Urgrunds als graubraune glatte Wand zutage.

Ein Schwarm zankender Spatzen hatte sich auf

einem Ast versammelt, und als ich zu ihnen hinaufschaute, hatte das ewig reglose Himmelsblau hinter den schwankenden Blättermassen etwas Fragendes. Der graustaubige Hohlweg mit den hohen Buchenbäumen lag jetzt im geisterhaften Widerschein eines lange verschütteten Kindheitsmoments. In diesem gab es keinen Bach, keine Bäume, keine Böschung, sondern nur ein schläfriges Schäumen und Glucksen in sicherer Entfernung, und über mir ein Flimmern und Blitzen, halb verstellt von einer Gestalt, die mich an der Hand einen Weg entlangführte, der nach ein paar Minuten schon mitten hinein ins Vergessen zielte.

Es war mir klar, dass ich diesen Weg, an dessen Anfang ein winziges halb zugewachsenes Haus mit einem hölzernen Aufbau steht, als kleines Kind oft gegangen sein musste, und noch früher wahrscheinlich ungezählte Male hier entlanggeschoben worden war, in dem hellen Sechzigerjahrekinderwagen, den ich auf den Schwarzweißphotographien gesehen hatte.

Der Weg endete, für mich ganz unerwartet, denn in meiner Erinnerung führte er nirgendwo hin, am Grenzübergang, vor dem hellgrauen alten Zollgebäude, das, wegen des davor dahinschäumenden Bachs, etwas Mühlenartiges hat, während die wahre alte Mühle gegenüberliegt, dort wo wohl schon im Mittelalter, wie ich viel später einmal nachlesen sollte, die Klingenschmiede ihre Werkstätten hatten an dem gehegten oder »gehaiten« Bach, dem der Wasserlauf, der Stadtteil und das unmittelbar angrenzende österreichische Dorf ihren Namen verdanken. Das Rotweiß des Schlagbaums und das Moosgrün der Zollbeamtenuniformen aber waren aus dem Bild dieses Platzes ausgelöscht, der dadurch, wie mir schien, gleich vollkommen unkenntlich geworden war.

Die Straße, die Schienen, der Fluss, der Bach, der ferne, die Wölbungen der Hügel nachvollziehende Nadelwaldsaum im Augenwinkel: Linien, Grenzen und Kanten, die wie Wasserzeichen auch durch andere, ganz ferne Orte aus viel späterer Zeit hindurchschimmern: Als ob sich die Welt im Kopf ordnen hieße, in ihr die Dinge und Umrisse der frühesten Kindheitsplätze wieder zu finden, beim Blick aus dem Zug auf einen Feldweg mit gefrorenen Pfützen, die im Morgenlicht aufgleißen; auf dem täglichen Weg zur Bushaltestelle, wo manchmal eine Krähe schmutzig glänzend auf dem Rand des Abfallbehälters sitzt, beim Beobachten des immer wiederkehrenden Meisenschwarms in dem kahlen Holundergezweig unter dem Fenster meines Arbeitszimmers, beim Sitzen am Bett eines Kranken, der keine Antworten mehr gibt.

Oder bei der ersten Erkundung einer südlichen Küstenstadt, in der man wie auf der Suche nach dem

Wiesenhang, hinter dem endlich die Welt begänne, mit unruhigen Augen hinter jeder Gassenbiegung den Strand, die Brandung, die blaue Horizontlinie, die Weite vermutete, und damit zugleich eine entscheidende Verwandlung, die noch die am weitesten im Hinterland zwischen den Hügeln sich verlaufenden Vorstadtstraßen erfasste.

Auf der Bank neben dem Heiligtum »Maria im Walde«, das genau an der deutsch-österreichischen Grenzlinie errichtet wurde, saß ich dann an diesem Tag im Frühjahr, im Herbst, im August noch längere Zeit im Halbschatten und schaute über die verwilderte, sanft in die Richtung der Donau abfallende Waldwiese hinweg auf das undurchdringliche Gewebe der schwarzen Tannen, der silbrig flimmernden Weidenbäume und der im leichten Wind vor sich hin rieselnden Birken, das so verloren in der Landschaft stand wie ein Blumenstrauß im leeren Krankenzimmer, während aus dem Wald hinter mir Vogelstimmen drangen, die ich bei aller Vertrautheit doch nicht mit Namen zu nennen wusste: Die Natur um mich her machte den Eindruck einer schwermütigen, sich jeder menschlichen Ordnung widersetzenden Einöde, und dazu passte es, dass der von hier zum Grenzübergang führende Weg mit dem Grenzstein aus dem siebzehnten Jahrhundert über wenigstens hundert Meter hinweg vollkommen überwachsen war mit kniehohen Pflanzen, deren lichtgrüne Blätter im Walddunkel so aussahen, als seien sie in einer einzigen Nacht aus dem Boden geschossen.